C'EST LE MÉTIER QUI RENTRE

Née en 1971, Sylvie Testud est comédienne et romancière. En 2001, elle obtient le César du meilleur jeune espoir féminin pour son interprétation de Christine Papin dans *Les Blessures assassines* de Jean-Pierre Denis et, en 2004, le César de la meilleure actrice et le prix Lumière de la meilleure actrice pour *Stupeur et tremblements* d'Alain Corneau. Sylvie Testud est également l'auteur d'*Il n'y a pas beaucoup d'étoiles ce soir*, *Le Ciel t'aidera* et *Gamines*.

Paru dans Le Livre de Poche :

CHEVALIER DE L'ORDRE DU MÉRITE
LE CIEL T'AIDERA
GAMINES
IL N'Y A PAS BEAUCOUP D'ÉTOILES CE SOIR

SYLVIE TESTUD

C'est le métier qui rentre

ROMAN

FAYARD

Ce livre est une œuvre de fiction. Toute ressemblance avec des faits réels ne peut être que le fruit du hasard.

ISBN : 978-2-253-16194-3 – 1re publication LGF

Quand j'avais neuf ans
mon parrain me saluait en disant :
« salut l'artiste », parce que moi,
quand je faisais une connerie,
elle était si belle qu'elle en devenait artistique.

Le *Titanic*, le vol 93 du 11 Septembre, le bûcher de Jeanne d'Arc, et tellement de drames dont on a tiré tant de films. Alors que les lumières s'éteignent, on le sait d'avance : ça finira mal. C'est de notoriété publique, c'est écrit dans les journaux. Eh bien moi, à chacun de ces films, tirés d'histoires vraies, assise dans mon fauteuil, j'ai espéré une fin heureuse.

J'ai croisé les doigts pour Leonardo DiCaprio, accroché à son bout de bois, par – 20° en Arctique. J'ai prié pour que le Boeing 757 ne s'écrase pas avec tous ses passagers dedans, alors qu'ils tentaient d'épargner le Capitole, il me semble même que j'ai attendu l'arrivée des pompiers pour sauver Jeanne d'Arc…

Avec une telle volonté d'ignorer ce que tout le monde tient pour la réalité, il ne fallait pas non plus espérer que ça ne se passe pas de la même façon dans ma propre vie.

Il fait beau, je me balade tranquillement le nez au vent.

Je suis une femme sereine, j'ai des amis fidèles, des projets de films qui me plaisent, des acteurs avec lesquels je rigole bien, des metteurs en scène qui ont la gentillesse de me trouver jolie et bonne actrice. Deux César sur l'étagère, pas de prêt à la banque, je viens de faire un check-up : « T'es un avion de chasse », m'a dit le radiologue. Pour fêter ça, je m'en suis allumé une direct, en sortant.

Je vais prendre l'avenue de l'Opéra.

Je vais aller chercher mon fils à l'école. Si je trouve des gommettes pour ma fille, je les lui achète. Elle adore ça, en coller partout. Je vais boire un verre avec ma sœur, je préparerai le dîner. J'appellerai ma copine Chacha tout à l'heure. Si j'allais à la danse ? Je vais pouvoir me remettre à écrire ! « T'as un sujet en or, vas-y, fonce » : tous ceux auxquels j'ai parlé de mon idée m'encouragent. Comment va ma mère ? Est-ce que la voiture a passé la révision ? Quand je quitte un rôle, je reprends une vie normale.

Le tournage de *La Beauté des sentiments* s'est achevé hier.

— C'était le dernier plan de Sybille !

Le premier assistant a fait signe qu'on m'égorge. C'est comme ça sur un plateau pour dire « Fini pour toi ». L'équipe a applaudi. Comme on n'est pas au théâtre, c'est les techniciens qui applaudissent les acteurs à la fin. Le réalisateur est venu m'embrasser.

— Malgré tes cheveux qui frisent quand il pleut, c'était un bonheur.

— Merci.

J'ai rigolé en repensant au coiffeur qui s'est arraché les siens pendant tout le tournage. Il a plu un jour sur deux.

Les acteurs et moi avons échangé nos numéros de téléphone.

— On ne se perd pas de vue ?

— Promis.

— Sybille, tu ne veux vraiment récupérer aucun des vêtements ?

L'habilleuse était déçue en regardant l'alignement de costumes dans ma loge. Tous ces vêtements à ma taille, qui les porterait ?

— Non, merci, vraiment.

Je me suis rhabillée en « civil ».

Je ne « récupère » jamais les costumes, ils ne deviennent jamais mes vêtements.

— Salut.

— Salut.

Je suis sortie de ma loge, j'ai remonté la longue file de caravanes.

— Bye.

J'ai salué les ventouseurs. Ceux qui mettent des cônes en plastique orange et blanc dans toute la rue pour garder les places quand un tournage s'installe.

— Attends, Sybille, je t'apporte un parapluie.

Le régisseur s'est dirigé vers le camion des accessoires.

— J'en ai plus besoin, merci.

J'ai continué en direction de la voiture qui m'attendait près de la grosse tente cantine.

Dans la vie, je m'en fiche, d'avoir les cheveux bouclés.

Quand il m'a vue, le chauffeur s'est redressé d'un bond.

— Tu rentres tout de suite ?

Ce n'était pas une vraie question.

Même s'ils adorent tourner, les acteurs sont toujours contents de rentrer chez eux, le chauffeur sait.

Raoul va être heureux de me voir dans la cour de l'école, je me dis en m'engageant sur le boulevard des Italiens.

« Qu'est-ce que tu fais là, maman ? » J'imagine déjà mon garçon passer devant la nounou, devant sa sœur, comme s'il ne les avait pas vues, me sauter dessus comme si j'étais impossible à renverser. « Tu travailles pas ? » Il va prendre ma main, va m'entraîner vers la grille. « Pas si vite ! Prends ton goûter. — J'ai pas faim. — Dis bonjour à Mona, quand même. — Bonjour Mona. » Il jettera un coup d'œil rapide à sa sœur endormie dans sa poussette. « Salut

Cocotte-minus ! », il dira, comme si elle l'entendait dans son sommeil. Il me conduira loin de la nounou et de sa sœur. « Désolée, Mona, je n'ai pas pu vous prévenir que je venais, je n'étais pas sûre d'arriver à l'heure », je lui lâcherai en guise d'excuse.

Avec moi, elle a l'habitude. « Pardon, Mona, un contretemps. » Elle n'a jamais fait aucun commentaire sur les bouleversements à répétition de mon emploi du temps.

Mon fils et moi sortirons de l'école, comme si l'alerte incendie y avait été déclenchée. Mona n'aura plus, en poussant ma fille, qu'à « courater » derrière nous jusqu'à la maison.

« Tu sais, maman, tu sais, maman… » Raoul ne saura pas lui-même ce qu'il veut me dire, ni dans quel ordre ça doit sortir, mais il faudra que je sache.

Le pauvre, ça lui fait tellement plaisir quand il m'aperçoit au milieu des autres parents. « Y a ma mère », il dit fièrement à ses camarades qu'il plante comme s'il craignait que je disparaisse de nouveau.

Il me raconte les blagues qu'il a apprises dans la journée, me tient au courant des bons moments, des tensions qui existent dans la classe, dans la cour. Andréa s'est disputée avec Théo. Lui ne parle plus avec Andréa, parce que son copain, c'est quand même Théo. Il fronce les sourcils, remonte son cartable sur son dos. Mona proposera de le porter pour lui. Il ne prendra pas la peine de lui répondre : « Merci Mona. » C'est moi qui remercierai à sa place.

— Maman, tu connais la chanson *Toi mon amour mon amie* ?

— Oui, c'est une chanson de Marie Laforêt. Une chanteuse avec des yeux magnifiques.

— Mais non ! C'est deux filles qui font comme ça avec leurs mains.

Il mimera la scène d'un film qu'il a vu en classe d'art.

— Ah ?

— T'as joué dedans ?

— Non, mais je l'ai vu.

— Tu connais la chanson ?

— Oui.

Tant pis si je n'ai pas joué dedans, si je connais, c'est déjà bien.

— Tu peux la chanter avec moi ?

Je chanterai avec lui.

— Maman ?

— Oui ?

— T'as joué dans *Astérix* ?

— Non.

— Dans *Boule et Bill* ?

— Non.

— *Iron Man* ?

— Non.

Désespérant. Tous ses copains savent que sa mère est actrice, pas un ne l'a vue dans un film.

J'aperçois les grilles en haut de la rue. Quelques nounous, quelques parents en avance attendent sagement l'heure de l'ouverture. Mona est là, droite, immobile. Fidèle au poste.

La poussette de ma fille avec ses seaux rose et jaune, ses pelles accrochées aux poignées, est reconnaissable de loin. Je distingue le sachet de la boulangerie. Mona a pris soin d'acheter un pain au chocolat, une petite bouteille d'eau.

Mon téléphone sonne, alors qu'il me reste une trentaine de mètres à parcourir.

— Bonjour, c'est Gundrund.

Elle ne dit pas son nom, il est affreux.

— Bonjour Gundrund.

Je m'arrête à son prénom. Je me crispe un peu.

Gundrund est « ce qu'on peut rencontrer de pire dans la catégorie productrice », selon ma copine, également productrice, qui s'est fait voler son film par elle, selon mon pote acteur qui s'est fait virer au milieu du tournage, selon mon ami réalisateur qui n'a jamais pu monter les plans qu'il voulait, selon la journaliste que j'ai vue le mois dernier et qui s'est fait attaquer en justice, selon l'avocat… en fait, selon tout le monde… Je n'ai jamais rien lu ni entendu de positif à son endroit.

— Sybille, si je t'appelle aujourd'hui…

Elle va m'annoncer une catastrophe, je m'arrête de marcher dans la rue. Un ou une de mes amis a dû faire une erreur en dormant, elle m'appelle pour me dire qu'elle l'a tué.

Les grilles de l'école s'ouvrent. Les parents, les nounous s'engouffrent. Mona disparaît dans le bâtiment, entraînant ma fille endormie dans l'enceinte.

Je suis glacée alors qu'une voix délicate caresse mon oreille. Gundrund m'explique : elle m'appelle parce qu'elle a pensé à moi pour une chose incroyable.

Elle va me demander d'assassiner ma sœur, sa réputation m'évoque d'horribles possibilités.

— Mon frère et moi t'adoooorons !

Elle crie une gentillesse.

La voix maintenant haut perchée de Gundrund m'éclate le tympan gauche, alors qu'elle me rassure sur ses intentions.

— Mon frère et moi…

Gundrund m'appelle pour me dire : si elle a tué tous ceux qui se sont approchés d'elle, à moi, elle va donner son bateau, sa maison, sa voiture. Même, elle hésite à m'offrir son sac à main.

Je me laisse bercer par les amabilités qui s'enchaînent. Les superlatifs, les compliments me font presque danser sur le trottoir.

Une question me vient à l'esprit :

— Pourquoi ?

De son cri enthousiaste, elle m'informe : elle a entendu parler du scénario que je suis en train d'écrire, elle en est sûre, c'est génial. Elle veut le produire. Ça lui correspond trop, c'est toute sa vie. C'est pour elle.

— Pardon ?

Je n'en reviens pas. J'en suis à la page 4. Ça fait deux mois que je n'ai pas écrit une ligne.

— Je te paie et t'écris. Ça te va ?

Elle me rappelle le pouvoir immmmmmense que lui offre sa fortune.

Jamais, il ne lui est jaaaaaamais arrivé d'échouer.

Et moi, il ne m'est jamais arrivé une chose pareille. Si j'ai vécu des moments merveilleux, obtenu des récompenses, des cadeaux, reçu des témoignages de sympathie, c'était après que j'avais fourni un travail de bagnarde !

On ne m'a jamais appelée pour me crier : je t'offre la réussite sur un plateau !

Purée, cocotte, c'est toutes ces années de boulonnage qui te reviennent ! Ma mère avait raison : on récolte ce que l'on sème. Ma parole, j'ai semé le tiercé dans l'ordre !

— Tu viens me voir demain, qu'on se rencontre ? Je t'invite à déjeuner chez Kaspia.

— D'acc...

Je ne sais plus quoi dire tellement c'est incroyable.

— Merci, je... à demain... merci... Gundrund...

Je raccroche.

Demi-tour. Je m'éloigne de la grille des enfants, des nounous. Tant pis, de toute façon je n'avais prévenu personne. Raoul ne sera pas déçu, il ne m'attendait pas. Je l'emmènerai à l'école demain. Promis. Le matin aussi, il me raconte des blagues.

J'irai même le chercher à la sortie. Promis. Je... non. Là... il faut... je dois absolument... Je compose immédiatement le numéro de ma copine Chacha.

— Allô Chacha ? Je vais bouffer du caviar !

— Tu vas pas aller voir cette hystéro ?

Chacha est venue me rejoindre au café, où m'attend déjà ma sœur.

Ma copine productrice est folle de rage devant mon sourire béat. Le caviar tourne déjà dans ma bouche alors que je commande un sirop de menthe, que ma sœur commande un jus de tomate et qu'elle veut un Red Bull.

— C'est quoi, ce nom ?

Ma sœur, qui ne fait pas de cinéma, n'en revient pas que quelqu'un s'appelle comme ça.

— Encore, assumer cette horreur, c'est une chose, mais, en plus, elle est riche...

Ma sœur plisse l'œil comme Derrick devant le rapport d'autopsie d'un déclaré mort accidentellement. Ma petit sœur, qui a toujours été suspicieuse, pense que Chacha n'a peut-être pas tout à fait tort quant à la personnalité de Gundrund.

— Ça lui vient d'où, tout ce blé ?

Ma sœur veut me faire changer d'avis sur cette éventuelle « collaboration », à cause d'un nom de famille... C'est ridicule.

— Offff... Je ne sais pas... Elle a eu quelques succès quand même...

Je sirote ma menthe à l'eau devant les deux.

— Ça lui vient de sa famille ! Elle s'appelle Ceausescou !

C'est vrai qu'en entendant le nom… quand même… Ça fait froid dans le dos…

— Ça ne s'écrit pas de la même façon.

Je ne peux pas admettre qu'on me retire le cadeau avant même de me l'avoir offert.

— Tu parles, à une lettre près…

Ma copine s'imagine qu'on peut changer l'orthographe de son nom de famille… pffff…

Elle m'explique. La production, c'est un puzzle à construire.

Le réalisateur a une idée du chemin, du dessin de sa carte au trésor. Mais il n'a ni les pièces pour constituer son image, ni le bateau pour conduire les gens qu'il va embarquer là où il veut les mener.

C'est le producteur qui va rencontrer les partenaires pour construire le navire, trouver du pèze pour le réalisateur.

Comme tout le monde a peur de se tromper de route, de faire maigrir son cochon, c'est difficile de convaincre qu'on a le bon dessin, le bon itinéraire, la bonne poule qui pondra les bons œufs. En or.

— C'est duuuuur, la production ! Faut être humble.

Chacha ne fait que ça à longueur de journée, « la quête pour les autres ».

Du matin au soir, ma copine tente de persuader, implore : « Ce film doit se faire. Aidez ce réalisateur. » On la met dehors ? Elle revient le lendemain. On lui claque la porte au nez ? Elle entre de nouveau, par la fenêtre, par le conduit de la cheminée. On lui balance une gifle ? Elle tend l'autre joue. C'est à pleurer.

— Oui, effectivement, ça a l'air dur.

Je hoche une tête compatissante.

— Un métier tellement difficile.

Chacha me dresse un tableau si sombre de la production...

— C'est peut-être pas pareil pour tous ?

J'aimerais qu'elles reconnaissent : tous ne mangent pas du pain dur.

Les producteurs, c'est comme les acteurs, voilà tout. Il y en a, ils lèvent un bras, ramassent un max, d'autres, ils ont beau se couper en dix-huit...

Je paie les verres de ma sœur et de Chacha. Il faut que je prévienne mon agent.

« Attention, c'est important ! » C'est tout ce que je lui ai dit, je préfère lui annoncer la bonne nouvelle en direct.

Je pousse la porte de son immeuble. Je monte à pied.

— Salut tout le monde ! J'ai rendez-vous avec mon agent !

Pas besoin de me conduire, je fais signe à la secrétaire. Depuis dix ans, je connais le chemin !

— Tu sais comment on les appelle dans le métier ?

Avec un tel patronyme, ils ont besoin d'un surnom ?

De derrière son bureau, mon agent me fixe. D'ordinaire rieur, Jack offre aujourd'hui un visage sévère. Il secoue la tête, puis lâche :

— Les Thénardier ! On les appelle les Thénardier ! Alors si tu as envie de jouer Cosette, vas-y.

Décidément, l'argent ne fait pas le bonheur de ceux qui en ont moins ! Je suis toute contente de ma réflexion intérieure. Maligne comme tout.

— Tu ne verras pas un kopeck ! Tu vas te crever le cul pendant des mois, ils vont balancer ton nom à qui voudra l'entendre, tu vas te faire massacrer, c'est tout ce qui va t'arriver !

Il me menace presque.

Jack devient fou, alors qu'il échafaude un scénario catastrophe pour me dissuader. Je suis malheureuse de le voir dans cet état. Mon Dieu, pourquoi les gens sont-ils si jaloux ? Est-ce que l'argent est un si gros défaut ? Heureusement que certains en ont, vu l'état du cinéma en ce moment… C'est plutôt un point positif…

Je ressors de là remontée à bloc.

Au diable les racontars ! Je vais boulonner d'arrache-pied, je vais leur montrer à tous que, si l'histoire qu'ils me racontent est vraie, eh bien moi, par la force de mon travail, je vais en changer le cours !

Le taxi remonte les Champs-Élysées. Quelle belle avenue, quand même ! « Bonjour monsieur ! Direction le 8e arrondissement », j'ai lancé au chauffeur avant de claquer l'épaisse portière recouverte de cuir noir.

— Je suis content de vous conduire, je vous aime beaucoup.

Ça commence bien, cette journée. Ça sent bon !

Le 8e arrondissement de Paris, c'est là où sont installées toutes les grosses sociétés de production. Si c'est un gros film, c'est dans le 8e, sinon… c'est un peu partout ailleurs.

— Vous avez dit quel numéro ? le chauffeur redemande en tournant dans la rue Lincoln.

— Le numéro 13.

— C'est un numéro qui porte chance.

Le taxi me dépose devant le numéro porte-bonheur. « Jamais rien raté prod ». Un immeuble en pierre de taille. La large porte en bois est impressionnante. Les poignées en laiton rutilent. Une merveille !

J'inspire profondément avant de presser le bouton de l'interphone.

— Oui ?

La voix guillerette d'une jeune femme retentit dans la rue.

— Bonjour, c'est Sybille.

Un sésame. Quand je dis mon nom, l'enthousiasme de la voix monte d'un cran dans l'interphone.

— Ah ! Oui !

La guillerette n'attendait que moi, on dirait.

La tonalité de la porte que l'on déverrouille à distance. Je suis admise de l'autre côté.

L'épais panneau de bois est si lourd ! Je le pousse à peine de quelques centimètres. Ce n'est pas du bois ? Il y a de l'acier là-dedans ! Je pousse. C'est une porte de coffre-fort géant, c'est pas vrai ? Je me plie en deux pour faire pivoter le battant. Juste l'espace nécessaire pour me glisser à l'intérieur.

… Ah, ben, d'accord ! Quand je me retrouve enfin dans le coffre, j'ai un doute.

Je me suis gourée d'adresse, je suis entrée à la Banque de France.

Au milieu du large hall d'entrée, un immense panneau « interdiction de fumer, interdiction de manger, boissons interdites ». Une statue de bronze de quatre mètres de haut me défie. Un samouraï à huit bras, armé d'épées, aux sourcils froncés, au regard plein de colère, garde rageusement le passage. Le sol recouvert de marbre, les moulures finement dorées, de longs arbres, des haies taillées. C'est un jardin à la française que j'aperçois au travers des baies vitrées derrière la brute immobile...

Qu'est-ce que je fous là ? Je n'aime pas cette ambiance froide et menaçante. Je vais faire demi-tour quand la guillerette de l'interphone surgit de derrière un mur.

Une toute petite femme, d'à peine quarante kilos, arrive en sautillant derrière le samouraï. Un pull rouge, taille douze ans, un pantalon à peine plus mature, remonté par un revers à chaque jambe, laisse entrevoir des socquettes blanches.

— Bonhour malame Sybi !

Qu'est-ce que c'est que cet accent ? Je ne sais si elle est originaire d'un pays que je ne connais pas ou si elle a des problèmes d'élocution.

— Bonjour. J'ai...

La petite dame me coupe la parole :

— Bou zabez un endez-bous avec malame, djo sais.

Elle se plie en deux comme les Japonaises devant l'empereur. Elle écarte son bras gauche, qu'elle tend en direction d'un escalier. Je comprends, c'est par là qu'il faut que j'aille. Bon, ben, je ne me suis pas gourée, c'est bien les bureaux d'une société de production.

Je fais quelques pas dans la direction indiquée, quand la petite dame se redresse et me fait signe. Stop. À la manière des agents de la circulation, elle me montre sa paume droite alors que je découvre le comptoir dissimulé duquel elle a surgi quelques instants plus tôt. Je m'immobilise. La guillerette sautille de nouveau jusqu'à son standard. Elle appuie sur une touche.

— Malame ? Oui, padon dérange bous, mais c'est...

La petite dame n'a pas le temps de finir sa phrase, on lui a raccroché au nez.

La guillerette relève un visage gêné.

— Dje fais patienter.

Elle me désigne une chaise dans le dos du samouraï.

— Je vais rester debout.

Il n'y a personne dans cet immeuble ? J'ai commencé à me poser des questions quand ça faisait une heure dix que j'attendais dans le silence le plus absolu. Pas un bruit de pas, de chaise qui racle le sol, pas une fenêtre qu'on ouvre ou ferme, pas un coup de fil. Rien. La lourde porte a fini par s'ouvrir deux fois. Les personnes qui sont entrées ont disparu dans les couloirs sans un bruit.

La petite dame à l'accueil a eu beau me proposer la chaise à maintes reprises, je ne me suis pas assise dans le dos du samouraï.

— Mais que vous êtes idiote, Lili ! Pourquoi ne m'avez-vous pas dit que Sybille était là ? !

La voix stridente de Gundrund a fini par retentir dans l'escalier, avant que sa longue silhouette n'apparaisse sur les marches de pierre.

Gundrund, qui approche la soixantaine, est une femme qui s'entretient. La cuisse serrée dans un jean slim, la basket montante et la chemise ajustée sur un corps adepte de la gym tonique, Gundrund défie le temps avec succès. De loin, j'ai cru que c'était sa fille.

— Ah là là, qu'il est difficile de trouver des gens compétents !

La productrice s'est excusée de m'avoir fait attendre si longtemps.

La guillerette derrière son comptoir n'a pas bronché. En même temps, faut dire que Gundrund n'avait pas tout à fait tort. Pourquoi la guillerette ne lui a-t-elle pas dit que j'étais là ? Comment Gundrund aurait-elle pu le savoir ?

— Tu as pensé au casting ? Faut que je te présente notre nouvel attaché de presse, on va faire une promo de dingue.

Dans le désordre, les questions fusent. Gundrund met deux sucrettes dans son café. Elle me propose des chocolats.

— Je n'aime pas les chocolats.

— C'est les meilleurs du monde.

Bon, ben, dans ce cas…

— Il te faut des noms ! Tu vas nous décrocher les meilleures têtes d'affiche !

— Je ne suis qu'au début de l'écriture, je lui rappelle.

Pour décrocher qui que ce soit, il faut un scénario fini.

— Faut signer les acteurs maintenant ! Sinon ils seront pris sur d'autres films. On tourne en juin ! C'est dans neuf mois ! Le temps de faire un bébé ! Ha, ha, ha ! T'en as déjà deux, je crois ? Jamais deux sans trois ! Ce sera ton troisième, je suis officiellement la marraine !

Elle pointe un doigt souffrant d'arthrite vers moi, se lève de son fauteuil de cuir.

Elle se met à hurler en direction du bureau d'à côté.

— Alphoooooonse ! Quelqu'un a prévenu Blaise que Sybille est dans mon bureau ? Où est Blaise ? Ce n'est pas possible d'être si peu aidée !

Elle s'impatiente au bout de cinq secondes interminables.

— Alphoooooonse ! Pour l'amour du ciel, allez chercher Blaise !

Un long corps maigrichon apparaît alors dans l'encadrement de la porte. Épaules basses, le regard apeuré, Alphonse tremble de tous ses membres.

— Je l'ai prév…

— Allez chercher Blaise !

— Oui madame.

Le long corps disparaît aussitôt.

— Alphonse !

Gundrund le rappelle immédiatement. Le maigrichon reparaît aussi sec.

— Oui madame ?

Il se voûte, tremble plus fort.

— Ben dites donc, je suis fière de ne pas être votre mère ! On ne vous a jamais appris à dire bonjour ? Venez saluer notre nouvelle réalisatrice. Vous enregistrez son numéro de téléphone. À partir d'aujourd'hui, c'est un numéro prioritaire ! Quand Sybille appelle, on décroche !

Le pas incertain, Alphonse entre plus avant dans le bureau.

C'est le contraire de Gundrund. De loin, j'ai cru qu'il était vieux, voilà que je constate, quand il s'approche : Alphonse a moins de trente ans. Il me serre la main en marmonnant un bonjour très faible.

Je suis mal à l'aise lorsque je sens sa main ruisselante d'eau. Alphonse, plus que stressé, est en état de panique. Je tente de le réconforter par un sourire amical.

— Bonjour.

Je place ma voix mezza-voce, comme je l'ai appris au Conservatoire.

Alphonse ne bouge plus. Devant moi, le jeune homme a l'air de sortir de plusieurs mois d'enfermement. Son teint pâle, son dos courbé et ses yeux cernés me mettent mal à l'aise. « Vous avez besoin d'aide ? » Je manque de lui poser la question. Je le regarde. Ses yeux sont bleus, très clairs. Tellement clairs qu'ils sont glauques. Il a l'air de ne pas me voir, retranché au fond de lui. Je suis à deux doigts d'appeler la police pour signaler que je me trouve en présence d'une victime, quand la voix soprano *forte* de Gundrund retentit de nouveau.

— Vous allez nous chercher Blaise ou vous avez décidé de me donner votre démission ?

Tête basse, oreilles plaquées, Alphonse se projette vers la sortie.

— Avec ce qu'on le paie, celui-ci…

Gundrund m'offre un nouveau chocolat alors qu'elle se rassoit derrière sa longue table recouverte d'invitations à différentes projections. Elle se tourne vers son ordinateur. Elle pianote, alors que je me suis sentie obligée, je ne sais pas pourquoi, d'avaler un deuxième chocolat. Qu'est-ce qu'elle cherche ? je me demande alors qu'elle approche de plus en plus sa tête du document qu'elle fait défiler. Ça a l'air tout petit ce qu'elle veut voir. Son nez va bientôt toucher l'écran lumineux. Gundrund lève subitement les bras au ciel, comme les sportifs quand ils viennent de gagner une coupe.

— Ha, ha, ha ! Ils ont fait zéro !

Elle se moque du film qui vient de se « bananer » au box-office.

Je ne sais si je dois me réjouir avec elle, parce que les perdants semblent être des ennemis, ou si je dois quand même lui signaler que c'est les boules, une salle de cinéma vide. J'opte courageusement pour rien. Je ne dis rien.

— Salut.

Une voix de baryton résonne dans mon dos.

Je me retourne, c'est Blaise.

Malgré le ballon de foot caché sous son pull de cachemire, Blaise porte bien sa soixantaine. S'il tient l'exercice physique en horreur, il connaît son pouvoir de séduction. Il m'offre un sourire de noble chevalier descendu de son destrier depuis l'encadrement de la porte. Il s'est déplacé pour saluer la nouvelle venue à la cour. Je me lève, alors qu'il n'avance pas vers moi.

— Tu nous fais pas chier sur la péloche, on tourne en numérique, il m'annonce avec classe avant de me saluer d'un minuscule mouvement de la tête.

— Bonjour Blaise.

Blaise passe sa main dans ses cheveux. Que d'élégance, je pense en voyant sa montre à douze mille, sa bague à deux bagnoles et sa coupe à la Jean Mermoz.

— Gundrund, faut qu'on parte, on a rendez-vous avec l'avocat.

Blaise n'est pas du genre à s'éterniser.

Gundrund soupire en attrapant son blouson en cuir bordeaux. Elle secoue la tête.

— Ah là là, j'en ai marre de ces avocats… Les gens sont bêtes. Ils nous font des procès à tour de bras. Comme si on avait que ça à faire…

Elle récupère son sac.

— Ma pauvre Sybille, on mangera du caviar une autre fois…

Elle se tourne dans la direction du bureau attenant.

— Alphoooonse ! Vous donnez les contrats à Sybille !

Gundrund me salue de la main, avant de disparaître dans le couloir à la suite de Blaise.

— Prends la boîte de chocolats, tu me rendras service !

Merde, je n'aime pas ça…

— Tu devrais changer d'agent ! Je vais te présenter ma copine !

Gundrund hurle du couloir.

— Raoul ! Tu arrêtes de toquer !

Mon fils ne comprend pas que je suis là sans y être. La fumée qui s'échappe de sous la porte de mon minuscule bureau témoigne : il y a quelqu'un là-dedans. Mon petit garçon de huit ans a du mal à encaisser. Alors que j'avais promis de l'emmener à la Cité des Sciences ce samedi, que je ne lui ai pas lu son histoire de toute la semaine, que je n'ai pas accouru quand sa sœur a pleuré après qu'elle s'est filé un coup de maracas sur la tête, je ne viendrais pas déjeuner par-dessus le marché ?

— Papa a fait des patates sautées !

Il toque encore une fois.

— Raoul ! J'ai du travail, je t'ai dit !

Mon fils m'en veut, ce n'est pas possible autrement ! À la poignée, j'ai accroché la petite pancarte qu'il m'a confectionnée l'an dernier pour la fête des Mères. « Que voulez-vous fabriquer comme cadeau à votre maman ? » la maîtresse leur avait demandé. Chaque enfant a choisi un dessin, un collier, un poème… Mon fils, lui, a choisi une pancarte de bois sur laquelle il a dessiné un bonhomme de chaque côté. « Comme dans les hôtels ! Quand la pancarte montre le bonhomme qui tient une fleur, je peux frapper, mais si le bonhomme tient le balai, ça veut dire “ouste”, il ne faut pas déranger ma mère ! »

J'imagine la tête de la maîtresse.

— Maman ? Je vais t'attendre pour manger.

— Non ! Non ! Va manger. Je viendrai plus tard, quand j'aurai le temps.

Là, c'est bon, mon fils a compris. Il doit me laisser tranquille. Je me remets au travail. Je suis concentrée. « Tu n'as besoin de personne pour t'aider à écrire, crois-moi ! »

Gundrund était épatée par le scénario que je lui ai rendu vendredi.

— Et Blaise ? Ça lui a plu ?

— Oh, je ne lui donne à lire que lorsque c'est vraiment « fini-fini ». Sinon, lui, tu sais, il est capable de « jeter le bébé avec l'eau du bain ». On nous propose tellement de choses…

Gundrund m'a fait quelques remarques. Je dois changer le début. C'est vraiment nul, ces trois filles qui se réveillent à l'hôpital. « Ah bon ? Mais c'est leur métier. Elles sont infirmières. — Oui, mais j'aime pas. Et puis, tu sais, Blaise a eu un accident de bateau quand il avait vingt ans. Cinq points de suture. Le pauvre est resté allongé pendant deux jours entiers avec une équipe de gens incompétents. On ne lui a changé ni ses draps ni sa chemise de nuit. Il a préféré garder la perfusion plutôt que de manger ce qu'on lui apportait. C'était trop mauvais. Alors, tu vois, je crois qu'il n'est pas près de produire un film qui commence à l'hôpital. — Ah… »

Comment je vais faire ? Mon script se passait au service gériatrique d'un hôpital public. Les trois infirmières se rencontraient autour d'un vieil homme dont le fils était si beau qu'elles bichonnaient le malade pour séduire sa progéniture. « L'hôpital n'est qu'un décor. Ce qui est important, ce sont les personnages… » J'essayais de sauver mon histoire. Gundrund devait persuader son frère de dépasser son traumatisme. « Ben, justement ! Tu changes le décor. Pourquoi elles ne travailleraient pas dans un haras ? T'as vu *Jappeloup* ? Ça a vachement bien marché ! En ce moment, les gens ont envie de voir des chevaux ! Non, crois-moi, avec un hôpital, tu vas droit à la poubelle ! » Gundrund m'a donné quatre jours pour changer le début, le milieu et la fin.

Cent vingt-neuf cigarettes plus tard, j'ai inscrit le mot « fin ». Quatre fois seize heures, enfermée dans cinq mètres carrés. J'ai bossé comme une cinglée.

Les infirmières sont devenues palefrenières. Elles s'occupent maintenant d'un vieux cheval en fin de vie dont le propriétaire est beau comme un dieu. Heureusement que le cinéma n'est pas en odorama, parce que mon scénario commence à chlinguer sec. À la place des chambres, ce sont des box, à la place des draps, du foin, à la place des humains, des chevaux. C'est vrai que ça marche…

— T'as fini ?

Quand j'ai ouvert la porte de mon bureau, j'ai vu mon fils assis par terre. Il a reposé son *Mickey parade*.

— T'es resté là tout ce temps, chaton ?

J'ai failli pleurer tant sa petite tête était lumineuse dans l'obscurité.

— T'as pas faim ? il a demandé.

Il ne m'avait pas vue au déjeuner, il voulait dîner avec moi.

— Si, si, mon chaton, j'ai faim.

Raoul et moi nous sommes installés dans la cuisine. Je déjeunerais, il dînerait, mais nous serions ensemble. Ses petites joues rebondissaient du sourire qu'il gardait affiché alors qu'il avalait une tranche de jambon blanc. J'avais beau avoir une mine épouvantable, mon fils semblait voir le soleil quand il me regardait. Le pauvre, ça fait quatre jours que sa mère ne lui a pas dit un mot, je pensais, tandis que son père racontait une histoire à notre fille Stella avant de la coucher.

— Tu viens lui faire une bise, quand même ?

Adrien a posé la question depuis la chambre rose.

— Hein ? Bien sûr !

J'ai lâché ma fourchette. Je me suis excusée auprès de mon fils en le laissant seul derrière son assiette.

— Elle aussi, ça fait quatre jours que tu ne l'as pas vue.

Mon copain n'a pas ajouté que lui-même ne m'avait côtoyée qu'endormie.

— C'est biiiien ! Ben, tu vois ? Quand tu veux !

Gundrund était contente.

Ouf ! Trois fois ouf ! Je n'avais pas passé tout ce temps cloîtrée pour rien.

« J'ai une force de travail, quand même… » j'ai dit à Adrien qui n'en a rien à faire de mes chevaux. Il trouve ça nul, les chevaux. « Tu voulais filmer un vieil homme malade. Tu vas filmer un cheval. J'espère que le dialogue a gagné en intensité, il s'est moqué de moi. — Quoi ? Mais tu ne comprends rien du tout au cinoche, Adrien. Alors si tu veux bien ne pas juger ce que tu ne connais pas. » Je lui ai fait signe de la boucler.

Adrien a secoué la tête en avalant un des chocolats de Gundrund. Il dégustait tranquillement en lisant un article sur la crise, quand mon téléphone a sonné de nouveau.

Gundrund avait bien réfléchi : maintenant, mon scénario était digne d'être présenté à Blaise.

— Garde ton téléphone près de toi, tu auras des nouvelles très vite. Mais je peux te dire, je le connais bien, mon Blaise. Il y a quand même soixante pour cent de chances que ça lui convienne.

Elle a raccroché.

— Il y a un fort pourcentage pour que ça convienne à son frère ! Soixante pour cent de chances !

J'ai sauté de joie en annonçant le bon pronostic à Adrien.

Il a levé le nez de son journal.

— Si ça peut convenir à Blaise, alors… c'est formidable, il a dit en se replongeant dans son article.

Adrien a décidément beaucoup de mal à se réjouir pour moi. Je l'ai observé quelques instants. Inutile d'entrer en conflit. J'ai préféré appeler les actrices que j'avais contactées pour les rôles.

— Allô Marion ? Tu sais monter à cheval ? Allô Julie, t'aimes la paille ?

Annabelle n'a pas décroché.

Toute la soirée, j'ai attendu l'appel de Blaise. Je n'avais qu'une idée en tête : est-ce que ça va lui convenir ?

Je regardais mon téléphone sans arrêt, bondissais dès qu'il sonnait.

— Mais qu'est-ce qu'elle me veut, Chacha ?

J'ai fini par m'énerver quand ça faisait dix fois que je me jetais sur le téléphone avec angoisse. Dix fois qu'elle m'appelait alors que je tentais de garder la ligne libre.

— Elle veut prendre de tes nouvelles, Adrien a lâché comme une évidence, en tournant une page de son livre.

Qu'est-ce qu'il en savait, celui-ci, de ce qu'elle voulait, ma copine ? Je le voyais derrière son livre au titre tellement long que c'était déjà presque un chapitre. Même sans que je décroche, il savait ce qu'elle voulait, lui ?

— Ben, elle en aura demain, de mes nouvelles, Chacha !

Encore une fois, j'ai coupé la sonnerie. Si je ne décrochais pas, c'était bien parce que je n'étais pas en mesure de répondre ? Je n'en revenais pas qu'elle insiste à ce point. J'ai balancé le téléphone sur la table basse.

— Pourquoi elle ne laisse pas de message, si c'est tellement important ?

J'ai regardé Adrien. Est-ce qu'il était d'accord avec moi ? Ça stressait, non ?

Écrasé dans le fauteuil en face du mien, comme si de rien n'était, mon copain lisait. Ça faisait plaisir, de le sentir tellement concerné par mes soucis. Ce calme affiché quand je me rongeais les sangs, c'était crispant. Ce n'est pas l'envie qui m'a manqué, mais je n'ai fait aucune remarque.

Malgré le téléphone entre nous, qui tempêtait comme un poste-frontière assiégé, j'ai croisé les bras, sans plus bouger moi non plus. Un calme olympien, en face du bonze, assis de l'autre côté de la table basse.

Chacha a fini par comprendre : je la rappellerais plus tard. Elle a arrêté avec ses coups de fil toutes les deux minutes.

Même s'il faisait semblant d'être concentré, en train d'écrabouiller nos coussins, j'ai bien vu, au bout d'un moment : Adrien était gêné de lire pendant que je ne faisais plus rien.

Une ou deux fois, il a levé les yeux de son grimoire.

« Ben, oui. Toujours là. » On aurait dit que, si je m'en allais, il allait faire autre chose.

Impassible, comme si tout était normal, je restais stoïque.

Ma nuque s'ankylosait. À deux reprises, j'ai senti ma tête qui tombait, mais je l'ai relevée.

— Tu devrais aller dormir.

— J'ai pas sommeil.

— Il ne t'appellera plus.

— Si.

— Ça m'étonnerait.

— Pas moi.

Il a compris. Je faisais ce que je voulais, je savais mieux que lui.

Le vent qui balayait le toit de l'appartement, le bruit tamisé des voitures qui passaient dans la rue, le bruissement des pages tournées, formaient un fond sonore qui m'engluait. J'avais beau lutter, m'accrocher à un détail, un bruit plus distinct que les autres, le ronronnement me berçait. Malgré mes efforts, je commençais doucement à ronfloter.

Quand il a estimé avoir suffisamment lu, Adrien a fermé son livre :

— Tu emmènes les enfants au parc demain ? Je voudrais aller faire des courses, j'ai plus une chemise.

J'ai bien senti, ce n'était pas une question.

— Hein ? Oui, bien sûr.

Je me suis jetée sur le téléphone. Combien de

temps m'étais-je assoupie ? Est-ce qu'Adrien n'avait pas coupé la sonnerie ?

— Je les emmène au parc, t'inquiète, j'ai dit à son dos qui s'éloignait dans le couloir.

De toute façon, j'avais fini le plus gros du travail. Même si on me demandait des corrections, ça ne m'empêcherait pas de les faire demain matin, ou le soir… Blaise allait m'appeler, je prendrais des notes, je les ferais dans la foulée. J'emmènerais les enfants demain après-midi, sans problème.

Je suis restée dans le salon jusqu'à une heure et demie du matin. Même s'il était tard, j'allais recevoir un texto, j'étais certaine. Je répondrais, Blaise saurait que je ne dors pas, il composerait mon numéro.

J'ai fini par aller me coucher. J'ai dormi près de mon téléphone, allumé sur ma table de chevet. Il n'a pas sonné, je n'ai pas reçu de message.

— Raoul, tu fais attention aux passants.

Mon fils vient de percuter la sacoche du monsieur qui avançait en sens inverse.

— Excusez-moi.

Je secoue la tête, comme si je ne l'avais pas fait exprès. Comme si c'était moi sur les rollers, qui avais foutu un coup dans sa sacoche.

— Oui, je préfère, il me dit en bougeant un peu sa main pour vérifier qu'il ne s'est pas fait arracher un doigt au passage.

— Stella ! Attends !

Je plante l'homme et sa sacoche pour m'élancer à la suite de ma petite.

Les bouclettes blondes de ma fille s'agitent, virevoltent autour de sa tête. Ses petits pieds accélèrent. Les poings serrés, elle fait un effort surhumain pour entraîner ses jambes plus vite. Plus vite. Elle court. Elle court de toutes ses forces. En direction de la rue.

Je récupère Stella par la manche avant qu'elle ne franchisse la marche qui la sépare encore de la chaussée. Elle se met à pleurer aussi sec. Des cris de détresse. Si elle s'était mise à courir, c'était justement pour échapper à ma poigne. Elle espérait de tout son être arriver de l'autre côté de la rive sans personne pour la freiner. Mon téléphone sonne.

— Raoul ! Raoul ! Arrête-toi s'il te plaît !

Lui est reparti dans l'autre sens.

Raoul soupire, mais il s'arrête. Je cherche nerveusement mon téléphone. D'une main, je tiens ma fille qui marche en biais à force d'essayer de m'échapper, de l'autre, je fouille ma poche.

— Allô ?

La voix de Blaise résonne.

— Ah, Blaise ?

J'essaie d'adopter un ton détaché.

— Ça va ?

Il ne répond pas. Il ne veut pas savoir s'il me dérange, il ne veut pas que je sache comment il va.

— C'est très bien jusqu'à la page 23. Après, j'aime pas.

— Ah ?

Putain, je lui ai rendu un scénario de cent dix pages.

Blaise ne dit plus rien pendant quelques secondes.

— Je… je… c'est quoi que tu n'aimes pas après la page 23 ?

— Tout. Ces histoires de chevaux, ça me gonfle. J'en ai rien à foutre, des chevaux.

— Ah ? C'est… pourtant Gund…

— Pourquoi tu fais pas un truc plus simple ? Les trois gonzesses se rencontrent dans un bar à putes…

— Hein ?

— Tu en fais des filles qui ont des couilles. Elles n'ont pas peur des mecs, elles sont là, elles voient des salopards toute la journée, puis un jour elles rencontrent le beau mec sympa. T'as vu *Pretty Woman* ?

— Oui, bien sûr.

— Ben voilà. *Pretty Woman* à trois. Tu me mets trois belles gonzesses, et là ça marche.

— C'est un peu différent de l'histoire que Gundr… que j'avais en tête… mais…

— Bon, tu me fais ça pour quand ?

— Je… Je…

— Là, moi, je suis à Paris une semaine, puis avec Gundrund on part quinze jours à l'île Maurice. Faut que je lise le scénar avant. Faut qu'on le dépose aux chaînes de télé, à la région, au CNC. Si tu veux tourner en juin, faut pas mollir.

— Oui.

— Allez, bye !

Il a raccroché.

De l'hôpital aux écuries, nous sommes passés au bar à hôtesses.

— Voilà ! Ça, ça plaît à Blaise !

Gundrund n'avait pas voulu « trop me bousculer » la dernière fois, elle m'a avoué.

Elle aussi, elle trouvait ça un peu gnangnan, trois filles en salopette, avec de la paille dans les cheveux, du purin plein les basques… Non, non, là je pouvais y aller, Blaise est super-bon en scénario. Alors « hop hop hop, on s'y remet ! ». Elle m'a donné une semaine pour revoir le début, le milieu et la fin.

De nouveau, je me suis enfermée dans mes cinq mètres carrés. Mon fils a frappé à la porte, ma fille s'est écrasé tous ses instruments de musique sur la tête, elle a hurlé, je n'ai pas accouru.

J'ai livré *Pretty Woman*, à trois.

« Je te félicite. À dans deux semaines. » J'ai reçu le texto de Blaise vendredi à 23 heures.

— Adrien ! j'ai hurlé. Ça y est ! J'y suis arrivée ! On a le scénario ! Je viens de recevoir les félicitations de Blaise ! Un message en direct de la salle d'embarquement !

J'ai failli embrasser l'écran de mon téléphone. J'ai fait des bonds de cabri dans le salon, sous l'œil goguenard d'Adrien.

— Si t'as le scénario, si Blaise est content, alors…

— Oui ! Très ! Il est très content !

C'est quoi, le problème d'Adrien, avec mon scénario ? Qu'est-ce qu'il lui prend ? Pourquoi est-il si attaché à ma première version ?

— Tu voulais jouer une infirmière, Adrien ?

À mon tour de me payer sa tête.

Adrien manque de répartie. Il fait mine de n'avoir pas entendu tellement je viens de lui clouer le bec.

— Alors ?

Je mets les mains sur mes hanches. Il va bien falloir qu'il me dise pourquoi il est si mécontent de voir mes actrices dans d'autres tenues.

— Je trouve que tu changes d'avis bien vite…

— Pas du tout. Je sais entendre la critique et me remettre en question, nuance.

Bing, prends-toi ça dans les dents, monsieur j'ai des convictions, des idées sur tout, même ce qui n'est pas mes oignons.

— T'es une girouette.

Quoi ? Qu'est-ce qu'il vient de dire ? Non mais il est fou, celui-ci ?

— Qu'est-ce que tu viens de dire ?

Il ne va pas oser me le répéter.

— T'es une girouette.

— Ça va pas, non ? T'es en train de devenir dingue ou quoi ?

Je m'énerve dans le salon.

— Retire ce que tu viens de dire, Adrien.

Je le fixe, les yeux pleins de colère. Il ne retire pas.

Là, c'est moi qui n'ai plus de répartie. Adrien me donne son point de vue. Je suis censée savoir ce que je veux raconter. Mon idée de départ était bien plus intéressante et plus personnelle que ce que je suis en train de faire. Que Blaise et Gundrund soient de puissants producteurs est une chose, qu'ils soient experts en scénario, « pourquoi pas », qu'ils me fassent réécrire en vue d'améliorer mon histoire, normal, mais de là à me faire pondre une histoire radicalement différente de celle que j'avais en tête, c'est quand même un problème.

— T'as prévenu tes actrices ?

Il se demande si Marion, Julie et Annabelle vont accepter de passer de la blouse à la salopette à… pas grand-chose sur le dos.

Purée, Adrien a raison. J'ai déjà eu du mal à les convaincre la dernière fois. Julie n'était pas contente du tout. Elle regrettait les scènes avec le vieil homme. Marion préférait l'ambiance des hôpitaux, où les gens faibles côtoient les forts, les naissances, les fins de vie…

Un bon point, Annabelle n'avait pas encore eu le temps de lire.

— Avec un peu de chance, elles apprécieront que leurs rôles soient plus complexes.

Adrien pensait que c'était déjà vu, un prince charmant qui vient sauver des filles que beaucoup de gens méprisent. Non seulement *Pretty Woman* avait été tourné, mais en plus ça avait fait un carton.

— Tu vas prendre qui pour faire Richard Gere ?

Il a continué à se moquer de moi.

— C'est pas pareil, elles sont trois ! je lui ai balancé.

Si *Pretty Woman* était une référence, mon scénario n'avait rien à voir.

Je suis repartie dans mon bureau. J'ai relu la dernière mouture de mon travail.

Non, vraiment, rien à voir. Mes trois filles n'avaient rien de Julia Roberts, je me suis rassurée.

J'ai demandé à Alphonse d'envoyer le scénario aux actrices, je leur ai donné rendez-vous trois jours plus tard, au café de la Paix. « Attends qu'on soit revenus avant d'envoyer quoi que ce soit, à qui que ce soit. » J'ai reçu un nouveau texto, cinq minutes après que j'ai raccroché avec le maigrichon.

L'avion de Blaise n'avait pas encore décollé.

Les scénarios n'ont pas été envoyés, j'ai donné rendez-vous aux actrices dans quinze jours.

— T'es pas sortie de l'hôtel, Gundrund ? Il n'a pas fait beau ?

Je m'attendais à la voir toute bronzée de retour de ses vacances.

— Je ne m'expose jamais au soleil. Ça fait des taches.

Elle a haussé les épaules, s'est levée quand elle m'a vue.

Elle m'a attrapée par le bras, m'a entraînée dans le couloir. Nous avons fait quelques pas. Bras dessus, bras dessous, Gundrund me serrait, comme je serrais ma mère, enfant, quand j'avais des accès de timidité face aux nouveaux venus.

— Ma chérie, je suis tellement contente de te voir. Je n'ai pensé qu'à nos *pretty girls* pendant quinze jours.

Nous avons fait encore quelques pas, puis elle a approché sa bouche de mon oreille :

— Je suis désolée, mais Julie, c'est non, elle a chuchoté, avant que nous n'atteignions le bureau de Blaise.

Si Gundrund est aussi pâle qu'avant son départ, ce n'est pas le cas de Blaise. Il a vraiment bonne mine ! Oubliant ce que je viens d'entendre, je manque d'éclater de rire quand je le vois. Il est cramoisi. Sa bague ressort beaucoup plus sur sa main trop foncée quand il replace sa mèche. Ben dis donc, il aime bien le soleil, lui. Dans sa chemise de lin blanc, légèrement ouverte, on dirait Julio Iglesias. Je m'approche pour le saluer.

— Tu annules le rendez-vous avec Julie. Tu me la vires.

Bronzé ou pas, Blaise vient d'en apprendre une belle : je vois les trois actrices ce jour, à 15 heures.

— Tu me la dégages, il me lance en se tournant face à son ordinateur.

Pourquoi dois-je dégager Julie ? Qu'est-ce qu'elle a fait ?

Julie est une actrice sublime. Non seulement c'est la plus belle femme de France, mais, en plus, elle est d'une grâce exceptionnelle, drôle, touchante, travailleuse.

Je jette un coup d'œil à Gundrund à côté de moi. Que se passe-t-il ?

Elle écarte légèrement les bras, hausse les sourcils. Elle ne sait pas ce que son frère a dans la tête. Elle ouvre des yeux ronds, se mord la lèvre inférieure. Que va-t-il bien pouvoir nous dire ? Elle est impatiente de savoir ce qu'il nous a concocté.

Je suis abasourdie alors que Blaise pianote nerveusement sur son clavier.

Quand j'ai prononcé le nom de Julie, tout le monde était ravi. Quand je lui ai envoyé la première version du scénario, tout le monde flippait. Pourvu qu'elle dise oui. Tout le monde a croisé les doigts. « T'as des nouvelles de Julie ? » Blaise et Gundrund m'ont demandé chaque jour. L'actrice avait sûrement une pile de scénarios en attente dans son salon. Pourvu que le mien soit au-dessus du lot. Je mourais d'impatience. Julie, comme les deux autres actrices, a mis environ trois semaines à lire. C'est un délai trop long pour celui qui attend, mais c'est quand même correct pour quelqu'un qui croule sous les propositions. Certains acteurs mettent des mois. Et encore, quand ils répondent. Il m'est arrivé de m'emmêler les pinceaux. De répondre à ce que je n'avais pas lu, d'en perdre un avant de l'avoir ouvert… Jack m'a rappelée à l'ordre plus d'une fois. « Dis donc ? Tu peux respecter les gens ? » Il m'a engueulée à raison.

Julie a de la considération pour ceux qui s'adressent à elle.

— Alors, ma chère Sybille…

L'imprimante de Blaise crache deux feuilles.

— Alphooooonse !

Il n'a pas le temps de refermer la bouche, le maigrichon apparaît dans le bureau.

Blaise désigne l'imprimante : trop loin pour lui. Alphonse va récupérer les documents, qu'il tend à son patron. D'un petit mouvement de menton, Blaise lui fait signe, ce n'est pas à lui qu'Alphonse doit les remettre, mais à moi.

Le long corps tremble en me tendant les feuilles.

Sur un regard de Blaise, l'employé disparaît de nouveau.

Qu'est-ce que c'est que ça ? Je me retrouve avec deux pages pleines de chiffres.

— Pas un strapontin ! il se met à gueuler dans le bureau.

Ben dis donc, ça l'a mis en forme, ses vacances. C'est la première fois que je le vois dans cet état.

— Les gens n'en ont rien à foutre d'elle ! Elle a peut-être de beaux nichons, mais ça n'intéresse que toi !

Il tape du poing sur la table.

Bingo. La blague de la journée, Gundrund s'esclaffe. Faut admettre, Blaise est drôle. Elle jette un coup d'œil pour vérifier : est-ce que j'ai saisi l'humour ?

Ravi de son effet, Blaise reprend une attitude plus sereine. Il pose des yeux doux et bienveillants sur moi.

— Sybille.

Sa voix se fait suave.

— Sybille, je veux le meilleur pour toi. Sybille…

Putain, qu'est-ce qu'il fout ? Si je ne le voyais pas, je penserais que c'est une voix dans un film. Blaise serait en plein coït avec une fille qui s'appellerait comme moi. Il serait en train de lui demander de lui faire un gosse.

— Non, Sybille, ma belle, tu es trop pleine de talent, trop intelligente pour travailler avec cette gourde.

Il secoue la tête. Il est heureux de me sauver du premier piège dans lequel j'allais tomber.

La main de Gundrund se pose sur ma nuque. Je sens ses doigts. Une légère pression censée me réconforter.

Je déteste qu'on me touche ! Je ne peux refréner un mouvement de recul. Un réflexe, je me tends. Gundrund, qui sent tout, entreprend de me décontracter malgré moi. Elle me masse délicatement. Je tourne la tête vers elle, qui est en train de me faire l'effet inverse.

Son sourire est plus large. C'est un sourire de connivence.

Le parcours est long et sinueux, mais elle est là. Blaise est difficile à contrôler, mais elle est là. Je ne dois pas m'inquiéter.

— Prends Valentine. Les gens l'aiment. Les gens vont la voir au cinéma.

— Valentine est enceinte de trois mois.

Sur son île, il a dû rater un épisode.

— Ben, tu réécris. Le personnage est enceinte.

Ses mains marron s'envolent au-dessus de sa table.

— Quoi de plus simple ?

« C'est moi qui orchestre l'histoire, il a l'air de me rappeler. Je peux donc faire ce que je veux. »

— En juin, elle sera enceinte de neuf mois. Elle sera en train d'accoucher.

— Elle est chez ton agent. T'as qu'à l'appeler. Tu lui dis qu'on veut Valentine.

— Ça veut dire qu'on repousse le film ?

Blaise a un long soupir. Merde. De retour de vacances, il constate : Sybille ne comprend rien.

— Tu fais comme tu veux, mais on tourne en juin. C'est Valentine qui joue le personnage.

Je ne sais quoi répondre. Je ne sais quoi poser comme nouvelle question pour obtenir la bonne réponse. Je me tourne vers Gundrund. Elle hoche la tête. Est-ce que je me rends compte à quel point Blaise est un être exceptionnel ?

Je regarde ma montre.

— Faut que je file. J'ai rendez-vous au café de la Paix dans huit minutes.

Je récupère mon sac, je salue rapidement.

— Tu me la vires ! On est bien d'accord ?

L'index pointé vers moi confirme : ce n'est pas une question.

— Vous êtes attendue, n'est-ce pas ?

— Oui.

— Par ici.

Le maître d'hôtel à l'entrée du café de la Paix sait exactement qui je viens voir lorsque je me présente. Le café de la Paix est un lieu célèbre, certes, mais trois actrices connues qui entrent en même temps, puis une quatrième qui se présente quelques minutes plus tard, pas la peine de sortir de la cuisse de Jupiter pour en déduire : elles ont rendez-vous toutes les quatre.

Le monsieur me conduit à travers la grande salle.

Quand j'arrive dans le salon privé, Marion, Annabelle et Julie sont déjà assises.

Julie est la première à m'apercevoir.

— Sybille !

Elle est ravie de me voir.

Ouf, elles n'ont pas encore commandé. Je suis soulagée de ne pas les avoir fait poireauter trop longtemps.

— Excusez-moi, j'étais à la production en train de régler deux-trois soucis.

— Des soucis ? Il y a des soucis avec le film ?

Comme un seul homme, elles me posent toutes les trois la question en même temps. Elles me regardent, inquiètes.

— Hein ? Non, des bricoles.

Je ris, l'air détaché, en retirant mon blouson.

— Des notes d'intention, des détails à régler. Rien de significatif. Je me suis gourée de mot. « Souci » ne correspond pas du tout à ce que je voulais dire.

Je pose mon blouson sur le dossier de la chaise libre, je m'assois.

Marion, Annabelle et Julie m'observent. Qui va lancer la conversation ? C'est mon rôle de mener le film, les gens, les discussions.

— Vous avez lu la dernière version ?

Je souris.

Silence.

— Il y a quelques détails à revoir, mais on a beaucoup gagné, non ?

Le deuxième silence qui s'ensuit est éloquent.

Merde. J'ai peur que l'une d'entre elles prenne la parole maintenant. Je décide de me lancer avant qu'elles ne le fassent.

— C'est étonnant comme on peut s'encombrer de détails inutiles.

Je fais tourner ma boucle d'oreille dans son trou.

— Maintenant que nous avons la bonne version, je me rends compte : la vérité n'est pas forcément là où on l'attend.

Je mélange les mots, les idées. Je hoche la tête. Dieu que j'ai appris en peu de temps.

— Comme toi, Marion, lorsque nous avons quitté l'hôpital, j'ai eu beaucoup de mal à imaginer encore un nouveau décor.

J'anticipe une remarque qu'elle pourrait me faire, contre laquelle je n'aurais pas d'argument.

— J'étais complètement bloquée par une idée que je ne voulais pas lâcher. Je m'entêtais !

Je me démolis moi-même ; message subliminal : « Marion, ne reviens pas sur cette question d'hôpital, même si toi et moi savons pertinemment que c'est mieux. » Je poursuis :

— Il faut aller à l'e-ssen-tiel. Accepter de lâcher une idée qu'on pensait bonne, pour en trouver une meilleure.

Je suis coupée dans ma logorrhée par Julie.

— Pourquoi c'est une meilleure idée, trois putes à la place de trois infirmières ? C'est quoi l'essentiel ?

Elle commence à m'énerver, celle-ci, qui ne fait pas un strapontin.

— En tout cas, c'est mieux que trois palefrenières !

Marion n'aimait vraiment pas l'idée du crottin. Elle rigole en repensant à ma dernière version. Pourrie.

Annabelle n'ajoute rien au débat, elle n'a pas eu le temps de lire.

Une dame au brushing des années soixante me sauve en s'approchant timidement de notre table.

— Excusez-moi de vous déranger, mesdemoiselles, mais serait-il possible de vous demander de signer notre livre d'or ?

C'est à moi qu'elle tend le livre recouvert de cuir.

— Oui, bien sûr madame.

Je suis le protocole des réalisateurs-acteurs, je propose aux actrices de signer les premières. Je passe le livre d'or à Annabelle.

— D'accord, mais les consommations sont offertes ? elle demande avant de signer.

— Hein ?

Elle déconne, je vais éclater de rire pour faire comprendre à tout le monde qu'Annabelle plaisante.

La dame au brushing hésite quelques secondes.

— C'est moi qui raque. Je vous invite, je dis pour débloquer la situation.

Si Annabelle craignait de payer son expresso, qu'elle se rassure, je vais pallier cette dépense.

— Ben pourquoi ? Si on signe, elle continue le stylo en l'air, la maison peut nous offrir les consommations, non ?

Annabelle veut non seulement boire à l'œil, mais elle veut que dans ce café on admette : nos signatures le valent bien. Quand l'actrice se déplace, c'est sans porte-monnaie. Sa notoriété est si grande que ça vaut pour ceux qui l'entourent.

— Je... je... je vais demander...

C'est à moi que la dame a tendu le livre, c'est à moi qu'elle s'adresse.

Je vais creuser un trou pour me cacher dedans. La dame s'éloigne en laissant le livre d'or sur notre table.

Opiniâtre, Julie ramène la discussion à son sujet de départ.

— Moi, Sybille, franchement… j'ai dit oui à un scénario, à un rôle, maintenant je me retrouve avec un rôle de… dans une autre histoire un peu… Ça n'a rien à voir avec celle que j'ai acceptée. J'ai envie de travailler avec toi, tu le sais, mais là… on n'y est plus.

Elle est en train d'annoncer : si c'est comme ça, je ne veux plus faire le film.

« De toute façon, t'es virée. », je ne lui annonce pas, alors qu'elle veut me convaincre de revenir en arrière.

— Pour ma part, je te fais confiance. Il faut retravailler certaines scènes, mais je te fais confiance.

« Merci Marion. Ça sera répété aux producteurs, ta loge sera plus grande que celle des autres », je ne le dis pas non plus.

Annabelle tourne la tête dans tous les sens. Elle a soif.

Julie est têtue ! Elle m'explique : comme Marion, elle m'aime bien, elle est solidaire, mais il y a un truc qu'elle ne comprend pas.

— Comment ça se fait, quand t'écris une histoire qui plaît à tout le monde, que tu te battes pour d'autres versions qui ne plaisent à personne ?

Ça fait marrer Marion.

Elle n'a pas tort. Elle continue de se gondoler.

Au secours, Julie est en train de gagner la partie.

Je suis médusée sur mon siège. Qui est en train de convaincre qui ?

— Je… Cette dernière version est peut-être moins évidente à lire, mais cinématographiquement parlant…

Comme Annabelle, je tourne la tête. Moi aussi, j'ai soif.

— Je… pense que le fait que ces trois filles soient « hôtesses » renforce leur amitié. Elles ne sont considérées par les autres que…

Mes mots s'enchaînent, je ne sais comment, mais j'y arrive. Je balance des explications. Tout est attaquable, tout est défendable. Les paires d'yeux devant moi suivent chacun de mes mouvements. Les visages se détendent, les sourires reparaissent. J'emporte la partie.

— Les consommations vous seront gracieusement offertes.

La dame au brushing, munie de son carnet, attend maintenant qu'on lui dise ce que nous désirons nous voir offrir.

— Un café.

— Un thé citron.

— Un jus d'orange.

— Vous ne voulez rien manger ? Il y a des petits gâteaux.

Annabelle a soif et faim.

— Non, non, merci. J'ai déjeuné.

— Moi aussi.

— Moi aussi.

— Eh bien, pour moi, un cocktail de fruits pressés. Il y a quoi dedans ?

La commande d'Annabelle dure. Elle veut le cocktail de fruits, mais sans les deux fruits mentionnés à la fin. Elle veut le plateau gourmand, mais sans le financier aux amandes. Elle veut un café, mais pas un expresso. Ça lui « tire sur le cœur ».

— À l'américaine. Ils peuvent faire ça, un café à l'américaine ?

— Oui.

La dame peut tout faire.

La seule chose qui n'était pas en son pouvoir, c'était prendre seule la décision de nous offrir la carte.

La discussion s'est éternisée. J'ai justifié chaque mot, chaque virgule.

Marion a proposé une lecture du scénario à haute voix.

— On n'est pas metteur en scène, Julie. Parfois ça n'a l'air de rien à l'écrit, puis c'est génial quand on l'entend.

Elle a tenté de convaincre sa future partenaire de faire la lecture avant de se décider.

Annabelle a demandé les dates de tournage. Elle a déjà pas mal d'indisponibilités, alors si je pouvais dire à la prod de « se magner le trognon, ce serait bien ». Oui, je vais dire ça à Blaise : de se magner le trognon.

Julie, à moitié convaincue, a demandé quelques jours de réflexion. Elle viendra à la lecture, mais :

— Ça ne veut pas dire que je ferai le film…

— Alors ? Comment ça s'est passé avec les actrices ? Elles ont trouvé ça mille fois mieux, j'espère ?

Gundrund était impatiente de savoir comment je m'étais débrouillée.

— Écoute… Bien, ça s'est bien passé. Je crois qu'elles étaient un peu surprises par les modifications importantes qu'on a faites en peu de temps.

— C'est ça, le talent ! Elles se rendent compte que c'est mieux ? Hein ? Sinon, on change d'actrices !

— Non, non, elles avaient l'air… contentes. Je les revois pour une lecture, elles ont des détails, des broutilles qu'elles aimeraient éventuellement revoir, mais pas de… Je ferai peut-être une ou deux modifications… Rien de bien…

— Au fait, Blaise a eu ton agent. T'avais raison, Valentine est enceinte. On garde Julie. J'en ai reparlé avec lui, il en convient. Julie, c'est l'idéal pour jouer la reine des putes ! Ha, ha, ha, ha !

Elle était super-contente de sa blague.

Ça n'a pas été facile à négocier, mais, inspirée par l'actrice enceinte, nous avons maintenant trois putes à la maternité. « C'est con de mettre un faux ventre à une comédienne, quand il y en a une qui en a un vrai. »

Le cas Valentine a failli ressurgir.

Maintenant, dans le film, l'une d'entre elles va avoir un bébé, elle est soutenue par ses deux copines. Richard Gere est l'obstétricien.

— C'est bon ? Blaise n'a jamais accouché ? Il n'a pas de problème avec les maternités ?

— T'es conne.

Gundrund a rigolé.

Elle m'a emmenée boire un café dans son « boui-boui » préféré.

— Chapeau, Sybille. Tes changements, j'y croyais moyen-moyen. Ce que tu as réussi, c'est vraiment génial. T'as vu comme tout le monde est content ? J'ai fait lire à Alphonse. Il en tremblait d'émotion.

— Ah bon ?

Nous avons beaucoup parlé toutes les deux.

— Tu pourrais pas appeler le directeur du Festival de Berlin ? T'as commencé en Allemagne. Tu ne pourrais pas demander à ta copine réalisatrice de l'appeler ? Ils doivent se connaître. On a un film, personne n'en veut. Faut vraiment qu'il nous le prenne en compétition.

Gundrund et moi commençons à tisser des liens d'amitié.

La lecture s'est bien passée.

Julie a consenti : la maternité, c'est mieux que le bar à hôtesses.

« Alors, cette version, tu l'acceptes ? » Elle n'a pas dit oui, elle n'a pas dit non. Marion préfère toujours les infirmières, mais, qu'à cela ne tienne, on trouvera un moyen d'en faire des filles différentes de ce que les gens attendent. « Vouuualà ! » J'ai été d'accord avec tout.

Annabelle a demandé pourquoi il faisait si froid dans les bureaux de la production.

Je suis sortie comme Speedy Gonzales à la recherche d'une aide. Gundrund et Blaise n'étaient pas là. Le vendredi, ils ne viennent jamais. Ils préfèrent rester chez eux, au calme, près de Versailles, afin d'éviter les embouteillages aller-retour, « tous ces abrutis qui partent en week-end le même jour ». Je suis tombée sur Alphonse.

Pour une fois, le long corps ne tremblait pas. Il avait même l'air d'avoir son âge.

— Excusez-moi, Alphonse, mais vous savez comment on met le chauffage dans la salle de réunion ?

Alphonse s'est voûté. Il s'est remis à trembler.

— Euh… Il… Euh… le chauffage ? Ben… on est déjà au mois de mars…

Il se fripait à vue d'œil.

— Il fait 10° dans la salle. Les actrices sont gelées.

— Euh… le chauffage fonctionne de décembre à février. En mars, c'est… le printemps…

J'ai compris, ce n'était pas la peine d'insister. Plus aucune pièce n'était chauffée.

— Je… Il y a un soufflant… dans…

Le pas hésitant, Alphonse s'est dirigé vers le bureau de Gundrund. Il a tendu son long bras. À distance, il m'a montré un petit chauffage d'appoint.

— Il… Il y a le même dans le bureau de Blaise.

— Parfait !

Je me suis emparée des deux soufflants, je les ai branchés dans notre salle de réunion.

Annabelle n'arrivait pas à se réchauffer.

— On peut monter les chauffages ? elle a demandé toutes les dix minutes.

Nous avons fini la lecture en tee-shirt. Il faisait 28°, Annabelle a fini par lâcher :

— Dis donc, Sybille, ils ne seraient pas un peu rapiats, les prods ?

— Hein ? Heu... Je... Non... Enfin... Pourquoi tu dis ça ?

Annabelle avait eu son agent : la production proposait un salaire de misère.

— C'est pas ce que je prends en deux semaines.

— Ah...

Je ne savais pas que les contrats étaient déjà partis pour les négociations. Gundrund avait envoyé le scénario aux financiers en début de semaine. Le temps qu'ils lisent, il allait se passer un certain temps. À l'heure qu'il était, nous n'avions pas un centime d'euro pour tourner le film. Comment Blaise pouvait-il négocier les contrats ?

— Blaise est décidément un homme à part, j'ai expliqué à Adrien en rentrant à la maison.

Le métier de producteur est très contraignant, normalement. Les producteurs sont tributaires des partenaires financiers. Les chaînes de télé, les régions, les banquiers, les sponsors réunissent des groupes de lecture. Ils font faire des fiches, des comptes rendus. Si on a de bonnes notes, ils filent du blé ; si on a de mauvaises notes, on n'a pas d'argent.

Blaise s'en balance, de leurs fiches de lecture « à la mords-lui-le-nœud ». Il est d'une liberté ! Il n'a même pas besoin d'attendre les retours des commissions d'attribution de « Pétaouchnok » ni de nulle part.

Il négocie à l'avance. C'est dingue, d'avoir une telle assise…

— Ou alors c'est un flambeur…

Adrien est une langue de vipère !

— T'es jaloux, c'est ça ?

Je me demande pourquoi il est si plein de malveillance à l'égard de ceux qui tiennent un minimum les rênes de leur existence.

— Il est indépendant. Il dirige sa vie, ses envies. C'est si mal ? Il peut décider de ce qu'il veut faire ou ne pas faire. C'est une tare ? Blaise est si puissant qu'il n'a pas besoin de sortir de son bureau pour monter des films. Il n'a pas besoin d'attendre la réponse pour savoir que l'accord est conclu. Les décideurs, il les mène au doigt et à l'œil. Il n'a même pas besoin de se lever de son fauteuil pour faire trembler la ville. Suffit de voir la tête des gens quand tu dis son nom !

— C'est sûr, ça fait envie.

— Ce n'est pas ton cas. C'est pas une raison pour entrer en détestation comme ça !

Adrien trouvait que je racontais n'importe quoi. Il pensait que mes producteurs m'envoyaient au charbon, qu'ils n'étaient là que pour récolter les rares pépites que j'allais réussir à décrocher.

— Qui va aller à un rendez-vous avec une chaîne de télé, mardi ?

— Moi.

— Qui va aller au rendez-vous avec une commission de région jeudi ?

— Moi.

— Qui…

J'ai fini par lui couper la parole :

— Adrien, c'est mon film ! C'est le jeu d'aller aux rendez-vous. Même si Blaise est sûr de ramasser autant qu'il veut, ça la foutrait mal qu'on ne donne pas l'impression d'y mettre un peu du nôtre. C'est une formalité par laquelle il faut passer. Dis-toi que Blaise et Gundrund ont sacrément confiance en moi, plutôt ! Ça n'arrive pas, ça, normalement.

Les producteurs ne demandent jamais aux auteurs, aux réalisateurs, d'aller aux rendez-vous. Ils savent que je vais bien défendre mon projet.

— C'est pas le monde à l'envers, ça ? C'est à eux de te représenter, il me semble.

— N'importe quoi ! Qui mieux que l'auteur-réalisateur peut dire ce qu'il veut filmer ?

Là, Adrien l'a fermée deux secondes. Depuis quand il sait comment on monte un film, celui-ci ?

— Ton boulot, c'est d'écrire un scénario, enfin, quand t'as le droit d'écrire ce que tu veux, de trouver des acteurs et une équipe. Le blé, normalement, c'est le boulot des producteurs.

— T'as lu ça dans quel manuel, s'il te plaît ?

J'ai commencé à m'énerver contre Adrien. Depuis quand il me donnait des leçons ?

La semaine dernière, mon copain m'a accompagnée au dîner chez Franck, réalisateur, et Martine, productrice, il a glané deux-trois informations, maintenant il se prend pour le dirlo de la Paramount ou quoi ?

Après une énorme engueulade où Adrien m'a traitée de « bourrin », je suis allée me coucher sans manger. Je ne voulais plus voir son sourire narquois, ni entendre ses persiflages.

— À la moindre réflexion sur le scénario, tu te tires, Sybille. Tu n'as pas à te justifier. On est bien d'accord ?

— D'accord.

Pour me briefer avant mon premier rendez-vous, Blaise est venu plus tôt à la production ce matin.

— On n'a pas besoin de ses conseils.

— Non.

— On s'en fout de ce qu'elle pense. Elle n'est pas là pour ça.

— Oui. On s'en fout.

— De toute façon, le pognon, elle va nous le donner. Ça va la flatter de te voir. Tu lui fais trois sourires et ciao Berthe.

— Si elle me pose quand même une question ? Je peux y répondre ?

De quoi allions-nous parler, la dame et moi, si elle ne pouvait rien dire ni demander ? Si je ne pouvais rien entendre et pas répondre ?

— Ce qu'elle ne comprend pas, c'est son problème, pas le tien. Tu réponds pas si elle te pose des questions.

J'ai enfilé mon manteau.

— Elle ne t'embêtera pas. Après, c'est à moi qu'elle aura affaire.

Blaise m'a fait un petit clin d'œil. Ça lui plaisait qu'on le craigne.

— Allez, n'aie pas peur. Je suis derrière toi.

Ça lui plaisait de me protéger.

Je descendais l'escalier quand Gundrund m'a rattrapée.

— Je t'accompagne !

Elle a pris mon bras. Nous avons marché jusqu'au lieu de rendez-vous.

— Cette bonne femme, je ne peux pas la voir. La dernière fois, c'était à un dîner, j'ai failli la passer par la fenêtre, tant je l'ai trouvée idiote !

Gundrund m'a fait le portrait d'une femme stupide, hystérique, frustrée, toujours prête à « décaper les auteurs, les réalisateurs, les producteurs ».

— Elle est sournoise ! Elle n'y connaît rien, au cinéma !

Elle m'a expliqué : la dame investit des fortunes sur des films nuls, elle rate en revanche systématiquement les bons.

— Ben alors, Gundrund ?

Je ne savais plus si je devais espérer que la dame

trouve mon film nul ou si, malgré tout, je préférais qu'elle le trouve bon.

— Elle ne va rien penser du tout. Elle sait qui t'envoie !

J'étais sous haute protection.

Si la dame qui allait filer plein de pognon se permettait d'en malmener certains, cette fois, elle n'allait pas broncher. Elle signerait le chèque « en disant merci ».

Je suis entrée dans son bureau comme si c'était un tripot à Macao, que Gundrund était la reine de la pègre.

— Tu me laisses parler, m'a glissé Gundrund à l'oreille avant que nous franchissions la porte.

La dame au pognon est très sympa.

— Votre scénario, Sybille, vous diriez que c'est quel genre de film ?

Comme convenu, je n'ai pas répondu.

Elle nous a offert un expresso, m'a permis de fumer dans son bureau. Elle m'a tendu un cendrier tout propre, a attrapé mon scénario *Pretty Girls* sur la table.

« Je suis ravie de vous voir. — Moi aussi ».

Dans cinq minutes, la dame et moi on allait s'embrasser.

— Alors ? Votre film ? Avant que je ne le lise, que pouvez-vous m'en dire ? Pour que ça me donne envie. Que ça m'allèche.

Elle ne l'a pas lu ? C'était prévu, ça, que je doive l'allécher ?

Je n'ose pas me tourner vers Gundrund pour lui demander si ça fait partie des recommandations de Blaise. « Surtout ne pas lire le scénario. »

Après un temps trop long, durant lequel Gundrund n'a pas moufté, je me lance.

— Je dirais que mon film se situe entre…

Gundrund me coupe la parole.

— C'est à mi-chemin entre une comédie popu et un polar noir.

Hein ? Qu'est-ce qu'elle raconte ? Mon scénario ne se situe pas du tout là. C'est à mi-chemin entre *Pretty Woman* et *Thelma et Louise* !

— C'est mal barré. Je déteste les polars.

La dame qui obéit à Blaise joue le jeu à fond. Pour un peu, elle me ferait presque croire qu'elle décide toute seule.

Que va répondre Gundrund ? Je tourne la tête vers elle :

— Vous avez reçu la nouvelle version du film qu'on va produire juste avant celui de Sybille ?

Du coq à l'âne. C'est quoi, cette discussion ? Les deux femmes mènent un dialogue que je ne saisis pas complètement.

— Vous savez, en ce moment, c'est la crise pour tout le monde. Un film au budget moyen, faut qu'il fasse un minimum de deux millions d'entrées…

Putain, elle joue bien. Elle est fortiche, je reconnais. On dirait vraiment qu'elle fait ce qu'elle veut.

Elle continue : l'argent qui sort de sa poche s'appelle reviens. Deux films en même temps… Ça y est, je raccroche. Blaise lui a commandé deux chèques, elle fait comme si ça lui faisait trop. Elle a dû faire du théâtre.

La dame se penche sur un dossier posé à ses pieds.

— *Les cœurs battent*, c'est ça ?

— Voilà ! C'est génial comme titre, non ?

Gundrund lui demande ce qu'elle en pense.

Les deux femmes se tournent vers moi.

Elles veulent que je donne mon avis maintenant ? C'est un piège. Je ne connais pas l'histoire. Je ne savais même pas que Gundrund et Blaise planifiaient un autre film juste avant le mien…

Je tente :

— C'est mortel…

Je vérifie auprès de Gundrund. Bonne réponse. Elle sourit.

— Un budget moyen ? Avec ce réalisateur, vous espérez combien d'entrées ?

— 700 000, comme son dernier, son avant-dernier.

Bon, va falloir que je potasse les règles ou que je demande un cours à Blaise, parce que, là, je suis débarquée. C'est quoi, le sens ? C'est le jeu, ou j'assiste à la mise à mort d'un film ?

— 700 000 ?

La dame rit.

— C'est ça !

Elles rigolent toutes les deux.

Ah non, mais là, il y a un truc que Blaise a oublié de me raconter sur son immense pouvoir. La donneuse de pognon vient de dire qu'elle ne file pas de blé aux films peu rentables, Gundrund lui confirme que le sien va la ruiner, elle va malgré tout repartir avec deux chèques ? Ça a l'air de les enchanter toutes les deux. Blaise avait raison sur toute la ligne.

— Vous voulez pas le double ?

— Si vous le proposez.

C'était vraiment pas la peine que je m'angoisse. Les deux femmes rient.

C'est bon, là, elles peuvent arrêter leur farce, il n'y a que moi comme public dans la pièce.

J'ai suivi la suite sans plus chercher à comprendre. Les deux femmes avaient l'air d'accord sur rien, « Ça ne va intéresser personne », mais elles s'entendraient pourtant sur tout. « Ça va être un film majeur. »

C'est pénible, de suivre un match quand on sait qui gagne à la fin.

Quand elles ont eu fini leur comédie, la dame s'est de nouveau tournée vers moi.

J'ai raconté l'histoire des prostituées à la maternité.

— Ah bon ? Vous aimez bien cette actrice…

Elle a tordu le nez en entendant le nom d'Annabelle.

J'ai expliqué pourquoi mon choix, elle n'avait pas l'air plus convaincue. Ça faisait sûrement partie du jeu.

Je suis sortie de là lessivée. Ça a dû faire marrer la dame, que je sois si fatiguée, elle s'est remise à rire, j'ai entendu, quand on est sorties, Gundrund et moi.

— Alors ? T'as vu un peu comment ça se passe ? C'est le début d'une longue série. On a des rendez-vous toute la semaine, ma chérie !

Gundrund a sauté de joie.

Elle a passé son bras sous le mien, m'a proposé d'aller manger un sandwich dans la brasserie juste à côté.

— Va pour le jambon-beurre…

Je ne savais quoi penser de ce que je venais de vivre.

— Tu sais, normalement, les producteurs n'emmènent jamais les réalisateurs !

J'étais une privilégiée.

— C'est souvent des rendez-vous express. Vingt minutes grand max ! On est restées plus d'une heure !

Merci, je l'ai bien senti passer. Crevant. Après le sandwich, ce serait pas mal que je fasse une sieste.

— Allô Blaizou ? Elle dépote, la petite ! elle a dit au téléphone, alors que je mordais dans le pain décongelé. Mais oui, elle va appeler pour Berlin, elle me l'a promis ! C'est ma copine, elle va le faire… Mais oui, elle le connaît, elle a débuté en Allemagne !

— Tu veux qui pour le son ? Qui pour la lumière ? Qui comme décorateur ? Qui comme scripte ? Qui pour l'assistanat ? Qui pour le maquillage ? Qui pour la coiffure ?

Un trombinoscope des techniciens croisés sur différents plateaux défile dans ma tête alors que Blaise et Gundrund sont pendus à mes lèvres. Qui ? Qui ? Qui ? Alphonse, venez noter les noms.

Blaise n'a pas besoin d'élever la voix pour que le vieux jeune assistant débarque immédiatement, muni d'un bloc-notes et d'un stylo.

Il lui fait signe : la chaise vide derrière, c'est pour lui. Alphonse s'assoit. Silence.

Les trois paires d'yeux sont braquées sur moi. Alors ? Qui ? Je veux qui ? J'ai l'impression que je vais annoncer la formation d'un nouveau gouvernement dans le bureau. Gundrund tire sur la fermeture Éclair de sa trousse à vitamines. Elle fait sauter les capsules colorées de leur emballage. Trois roses, deux bleues, une rouge, une vitamine C. Ça fait du bruit, elle s'en excuse :

— Pardon. Mal dormi.

La séance peut reprendre.

— Pour le chef-opérateur, j'aimerais bien proposer à…

— Ton monteur, on n'en veut pas ! Tu changes de monteur. Sur ton premier film, ça allait peut-être, mais là, il te faut un bon monteur ! J'en connais un formidable, il a fait tous les films de la Nouvelle Vague.

— Ça date un peu, non ?

— Quoi ? De qui ? Qu'est-ce que c'est ? Quelle date ?

Blaise n'a peut-être pas compris, mais il n'est pas d'accord. Ses questions dans tous les sens n'indiquent rien de bon. Je n'insiste pas sur l'ancienneté de sa référence.

— Le monteur que j'avais, il était… Je me suis bien…

— C'est un casse-burnes ! Je me suis renseigné, il demande qu'on lui paie ses déjeuners ! Eh oh ! C'est pas marqué pigeon !

Non, c'est vrai, sur le front de Blaise, c'est pas du tout marqué ça. Surtout ce matin. Il a l'air d'avoir mal dormi lui aussi, si j'en crois sa coupe, qui tient plus de Christopher Lloyd dans *Retour vers le futur* que du célèbre aviateur aujourd'hui.

— Les costumes ! Les costumes !

Gundrund se met à hurler bizarrement, alors qu'elle engloutit tous les comprimés d'un coup. D'un mouvement de tête, elle fait basculer la masse médicamenteuse à l'arrière de son palais, une gorgée d'eau pour aider à l'acheminement, un second mouvement de tête fait descendre le tout dans la gorge. Ça passe, difficilement, mais ça passe. Un de ses yeux se ferme légèrement sous la pression infligée à son œsophage. La déglutition sonore indique : le magma atteignant son but, elle a de nouveau l'usage de sa gorge, de sa bouche, de ses cordes vocales. Elle reprend :

— Les marques vont tout nous filer gratos !

Elle referme sa trousse à vitamines, qu'elle balance négligemment dans son sac.

Pas un centime à débourser, les robes, chemises, sacs, chapeaux, chaussures vont pleuvoir. Les grandes maisons vont nous offrir leurs collections complètes en nous suppliant d'en prendre le maximum. Gundrund nous imagine déjà enfouies sous les sequins, les plumes, rubans et dentelles.

— Tu veux aller chez qui ? Dior ? Chanel ? Balenciaga ? Léonard ? T'aimes pas Léonard ? Moi j'adore !

Elle se réjouit à l'idée de traverser les show-rooms des luxueuses enseignes.

— Tu n'oublies pas les copines, hein, Sybille ? Tu m'oublies pas ? Les actrices, on leur donne tout, mais les productrices…

Son visage devient triste. Très triste. Elle secoue la tête à cause du désespoir qui l'envahit :

— Tout ce que j'ai, j'ai dû l'acheter !

Elle tire un bout de tissu qui dépasse de son pull-over.

— Le moindre tee-shirt, je l'ai payé !

Elle m'annonce qu'elle a sué sang et eau pour chaque centimètre de jersey.

— Oui, enfin, nous l'avons payé.

Blaise lui rappelle que c'est un peu de la fortune familiale partie dans son pull. Il aime que les choses soient précises.

— Faut que tu m'emmènes, Sybille, la prochaine fois que tu vas faire un shopping.

Ma productrice adopte maintenant une faible voix de mendiante. Elle baisse la tête comme la dame gare du Nord qui demande une pièce, un ticket restau, une pomme.

— Elle va t'emmener !

Ça y est, Blaise en a assez. D'un rugissement, il met fin aux jérémiades de sa sœur.

Ouf. J'osais pas trop le dire, mais, moi aussi, ça commençait à me soûler.

— Tu l'emmènes quand ?

Pour clore ce chapitre, Blaise veut une date. Il est d'accord sur le fait que ça gonfle, cette attitude, d'accord pour faire taire les pleurs, d'accord pour dire que j'organise mon calendrier comme je le souhaite, mais quand même, quand on a autant de ceintures, on peut bien partager avec ceux qui n'en ont pas.

— Ben…

Gundrund et Blaise planent à douze mille en matière de relations fashion-people, je me rends compte. Ils s'imaginent qu'à chaque nouvelle saison, je débarque avec mes cabas vides chez Chanel et que j'en ressors les bras chargés des nouvelles créations ou quoi ?

— Les créateurs nous offrent des vêtements, c'est vrai, mais c'est exceptionnel… La plupart du temps, ce sont des vêtements prêtés… Les actrices les rendent.

Je suis désolée de leur apprendre que je ne fais pas mes courses gratuitement, moi non plus.

— Oh là là ! Mais c'est parfait ! Qu'ils me prêtent !

— Oui, voilà, ils n'ont qu'à lui prêter. Tu vois, on est pas chiants.

Blaise se montre conciliant, faut admettre.

— De toute façon, je me lasse vite. C'est vrai, quand j'ai porté trente-six fois la même chemise, je ne peux plus la voir.

La discussion continue entre frère et sœur. Ça leur va parfaitement. Ils se contenteront de ce qu'on leur offrira. Ce n'est que du prêt ? Va pour le prêt, faut savoir s'adapter aujourd'hui.

— Les actrices, avant, c'était pas des bouts de chiffon qu'on leur offrait…

Un étouffement ou un éternuement rentré suit cette réflexion. Je tourne la tête du côté de mon producteur. Il est écarlate alors qu'il poursuit avec difficulté :

— Moi, j'en ai connu, des actrices. C'était des bagues, des colliers, des parures entières qui leur étaient offerts.

Un nouvel étouffement vient ponctuer cette dernière réplique.

Oh merde ! C'est un phénomène bizarre que je constate alors qu'un nouveau son sort du nez de Blaise. Blaise ne s'étouffe pas. Blaise n'éternue pas. Blaise rit.

C'est la première fois que je l'entends, le vois rire. Qu'est-ce que c'est que ça ? je manque de m'éclater moi aussi. Je n'ai jamais vu ça. Blaise ne sait pas rire ! Sa figure écarlate se contorsionne. Sa bouche ouverte ne laisse échapper que de très faibles sons. Les sons sortent par son nez ! C'est son nez qui produit ce minuscule râle. Ça fait le même bruit que mon chien, un jour qu'il avait un os de poulet coincé en travers de la gueule, qu'il tentait de m'alerter en soufflant par la truffe.

Je tourne la tête en direction de Gundrund. Rien à signaler. À force de bien se marrer tous les deux, elle a l'habitude. Je regarde Alphonse. Est-ce qu'il trouve ce phénomène normal, lui aussi ?

Le vieux jeune ne bouge pas. Que Blaise rie par le nez, la bouche, ou s'étouffe, c'est pas ses oignons. Inerte, le stylo à la main, il attend toujours le premier nom du premier technicien que je prononcerai.

— Pour le chef-opérateur, je voudrais…

— Qui pour les repérages ? Faut trouver les meilleurs endroits. Le repéreur, c'est urgent ! On tourne en juin !

Quand Blaise a fini de rire, sa voix reprend du muscle.

— Pour la musique, si tu n'as personne, moi j'ai quelqu'un à te proposer ! J'ai le numéro de téléphone là-dedans.

Gundrund tire sur la fermeture Éclair de la housse rose qui renferme son répertoire électronique.

— C'est le fils de ma voisine. Il est gééééniaI ! Il compose des musiques délicieuses. Hein, Blaise ? Tu te souviens au dernier Nouvel An ? Il nous a joué des morceaux de sa composition. C'était un enchantement ! Faut que tu le rencontres, Sybille. Tu vas l'adorer, tu pourras plus te passer de lui.

— Ah bon ?

— Mais faut que tu l'appelles vite ! Il attend ton coup de fil ! De toute façon, t'inquiète pas, je l'ai prévenu. Sa chérie était super-contente de savoir que t'allais bosser avec son copain. Sa chérie, c'est la jeune fille qui vient tondre la pelouse une fois par semaine. Elle est mignonne comme tout. S'il y a besoin de figuration, tu penses à elle ! Hein, Sybille ?

— Pour la musique, je pense déjà à quelqu'un, tu sais, celui qui a fait la musique de mon premier…

— Les bons, faut les bloquer maintenant. Allez, salut, et tu appelles mon monteur ! Gundrund, file-lui le numéro de Gégé.

Blaise disparaît dans le couloir.

Je suis restée assise un moment avant de me rendre compte qu'il ne se passait plus rien me concernant dans le bureau. Gundrund avait repris son activité favorite : la consultation du ciné-chiffre. À savoir lequel de ses concurrents s'était le plus banané ce mercredi. Le nez collé à l'écran de son ordinateur, elle vérifiait le nombre de copies par ville ; le nombre de salles qui projetaient chaque film, le nombre d'entrées à chaque séance.

Sur sa chaise derrière moi, Alphonse n'avait pas bougé, j'ai vu en me levant.

— Alphonse, le directeur de production, s'il est libre, ce sera Philippe Blumberg, j'ai dit avant d'enfiler mon blouson.

Il a immédiatement noté avant que la voix tonitruante de Gundrund ne retentisse à nouveau :

— Incroyable ! Blaise ! Ils n'ont même pas fait cinquante entrées aux Halles, avec leur film, les Duchemin !

Du bureau à l'autre bout du couloir, Blaise a répondu :

— Je le savais.

Blaise était content, j'ai entendu qu'il s'étouffait.

— Le directeur de production, c'est super-important. C'est celui qui dispatche le magot dans les différents secteurs. Il prend ce qu'on a récolté, il le sépare en enveloppes qu'il distribue à chacun. Il alloue les budgets à chaque corps de métier. Un peu comme un gros gâteau qu'il découpe en parts, tu vois, Adrien ? Il va donner tant pour la décoration, tant pour la lumière, tant pour le maquillage, tant… à machin, tant à bidule, et ainsi de suite… Il négocie tout. Le but, c'est d'avoir le plus de techniciens et de matos possible, pour le moins. Le matériel, la cantine, les salaires. Par exemple, c'est lui aussi qui finalise les contrats avec les agents des acteurs. Tu vois, c'est important. Directeur de production, en fait, c'est un peu le Premier ministre du gouvernement. C'est un poste crucial. Et Philippe Blumberg est le meilleur. Il a travaillé avec les plus grands.

J'ai tout expliqué à Adrien qui se demande comment ça se fait que j'en suis déjà à choisir mon équipe, penser aux enveloppes, alors que je n'ai pas encore le début du début du financement pour mon film.

— Tu vas appeler des pauvres gars, tu vas leur proposer du travail ? T'es même pas sûre de la monter, ton entreprise.

— Ça va ! ON LE FAIT ! elle a dit Gundrund. QUOI QU'IL ARRIVE, même si une catastrophe se produisait, qu'elle se cassait un bras, une jambe, que plus une commission n'avait un radis, ON LE FAIT. Ça ne leur est JAMAIS arrivé, de ne pas faire un film.

— Si elle te l'a dit, alors…

Adrien est d'un pessimisme.

— T'as des nouvelles de la pleine de pognon ? T'es repartie avec un chèque ? Je croyais qu'ils obtenaient ce qu'ils voulaient quand ils voulaient ?

Il est d'un cynisme…

— C'est une question de jours.

— J'espère qu'ils sont plus performants en France qu'outre-Rhin…

Ça l'a démonté, de m'entendre avec ma copine allemande au téléphone : « Caroline, s'il te plaît, essaye d'appeler le directeur du Festival de Berlin. — Ça ne marche pas comme ça. — Il peut faire une exception. — Il n'en fait jamais. — Pour une fois. — Ça risque d'être contre-productif, je ne l'ai jamais appelé pour mes propres films. — Essaie quand même. — Bon… »

J'ai raccroché.

Adrien reprend avec ses sarcasmes :

— Quand on m'a proposé du boulot, c'était souvent après que l'entreprise était créée.

Il est d'un cartésien…

— Tu sais, Adrien, la différence qu'il y a entre toi et moi, mis à part que tu es un homme et moi une femme ?

— …

La discussion risque de ne pas être facile, si j'en crois son regard froid, posé sur moi, son visage fermé, ses maxillaires serrés, qui entrent et sortent de façon rapide et régulière.

— Adrien, si aujourd'hui je m'apprête à faire un film, alors que toi, tu travailles dans la même boîte depuis quinze ans, c'est parce que tu ne te donnes pas les moyens de tes ambitions. Ça te rend malheureux et je le comprends. La peur du lendemain, c'est naturel. Se lever chaque matin sans savoir de quelle couleur sera la chaise sur laquelle on s'assiéra est source d'angoisse. Se retrouver à la tête d'un projet tel que le mien, qui engage d'autres gens et pas mal d'argent, ce n'est pas facile à assumer. Mais, tu sais, « à qui sait bien aimer, il n'est rien d'impossible ».

Je cite Corneille pour appuyer mon idée.

— Je suis cette femme aujourd'hui, Adrien.

— Ah bon ?

Il me regarde comme s'il n'avait rien vu de nouveau.

— Et la différence entre toi et moi, c'est que moi, j'aime mon travail. Je l'aime follement, passionnément, éperdument. J'ai rencontré des gens aussi motivés que moi, Adrien. Mes producteurs et moi sommes prêts à gravir des montagnes pour notre travail. Parce que nous sommes amoureux de ce que nous faisons.

— Eh bien bonne partouze, alors…

Il se lève d'un bond du fauteuil crapaud.

— Quoi ? Adrien ? C'est ça que tu réponds à tout ce que je viens de te dire ? Ça ne t'évoque rien de plus ?

Je suis hallucinée par la réaction de mon copain. C'est décevant !

Il ne m'écoute plus du tout. Il file dans le couloir qui mène à la salle de bains.

— Je te pensais un peu plus fute-fute, pardonne-moi de t'avoir surestimé !

Cette dernière réplique le fait piler au milieu du couloir. On va enfin pouvoir parler, j'espère, alors qu'il revient vers moi.

— Tu sais ce que c'est la différence entre toi et moi, Sybille ?

— Non ? Mais j'aimerais connaître ton point de vue sur ce sujet.

— C'est que toi, tu prends les gens pour des cons.

C'est tout ce qu'il dit, avant de tourner les talons.

Adrien vient de mettre un point final à notre discussion, je comprends, alors qu'à grandes enjambées il parcourt la distance qui le mène à la salle de bains.

Le verrou glisse derrière la porte. Il s'enferme ! Il ne veut plus me voir pour ce soir.

— Non mais, Adrien ? Tu n'y vas pas un peu fort là ? On ne peut plus discuter, c'est ça ?

Je secoue la tête.

Adrien n'est pas en forme, on dirait. Pas du tout. C'est même plus grave que ce que je pensais. Son travail, sa vie, rien ne joue vraiment en sa faveur. Le pauvre…

— Adrien ?

Je frappe doucement alors que j'entends, il fait couler l'eau. Il va prendre un bain.

— Si j'ai dit quelque chose qui t'a blessé, si j'ai été maladroite, pardonne-moi, ce n'était pas volontaire. Adrien ? On peut parler de ce qui t'inquiète si tu veux.

Aucune réponse.

— Adrien ?

L'eau coule.

— Adrien, dis-moi ce qui te fait de la peine. De quoi tu as peur.

Je l'entends qui bouge, malgré la cascade, de l'autre côté.

— Tu feras gaffe quand tu reliras Corneille ! Médée, à la fin, elle se barre sur un char tiré par des dragons, après qu'elle a égorgé ses mômes.

Ah quel salaud ! Quel enfoiré ! Adrien est d'une méchanceté. Et moi qui voulais le réconforter ! Moi qui pensais qu'il avait besoin d'aide.

— Eh ben c'est ça, prends ton petit bain, monsieur j'aime-pas-me-faire-bousculer ! J'aime-pas-qu'on-me-

mette-face-à-mes-vérités ! J'ai acheté des sels marins, j'espère que ça va sentir bon !

Je l'ai planté là. J'ai remonté le couloir. J'ai fermé la porte qui sépare le salon du reste de l'appartement, pour ne même plus entendre Adrien bouger, là-bas, au fond.

Je ne sais pas à quelle heure il est sorti de sa pataugeoire. Je me suis installée dans le canapé, il n'était pas trop tard, j'ai allumé une cigarette au beau milieu de la pièce.

J'ai décidé d'appeler Philippe Blumberg.

— Bonsoir Philippe, c'est Sybille. Si je t'appelle, ce soir, c'est pour te proposer de travailler sur mon film.

« Ma chérie, t'oublie pas d'appeler pour Berlin ? Baisers chaleureux. G. »

J'ai reçu le message sur mon répondeur, par texto, dans ma boîte mail.

— Alors ? Comment ça s'est passé ? C'était vachement long, non ?

Ça fait deux heures que j'attends Philippe Blumberg dans le petit café en bas de la rue Lincoln.

Quand je l'ai appelé, hier soir, il était content :

« Une revenante ! — Pardon, j'étais la tête sous l'eau », je me suis excusée de ne pas avoir donné signe de vie.

Je lui ai raconté de quoi parlait mon film, il avait l'air intéressé.

« *Pretty Girls* ? Avec ce titre, faut pas faire un casting chez les boudins. » Ha ha ! En plus d'être le meilleur « dir-prod », Philippe est le plus drôle, on s'est bien marrés sur le tournage de ma copine réalisatrice, l'année dernière.

« Je tourne en juin. — Début de prépa : avril, il en a déduit immédiatement. — T'es libre ? — Envoie-moi le scénar, je le lis maintenant, je te rappelle dans la foulée. »

Même si on a bien rigolé, l'an dernier, Philippe choisit ses films.

« C'est qui, ta prod ? — C'est… c'est… »

Je ne pouvais pas l'annoncer de but en blanc, j'ai senti.

« Tant que t'es pas chez les Ceausescou, moi ça me va, il a dit en rigolant. — Pourquoi ? Tu les connais ? T'as travaillé avec eux ? »

J'ai pris un ton d'investigateur qui débusque les histoires fumeuses à la télé. C'est pas parce que ça semble noir que ce n'est pas blanc. « Tu les as déjà croisés ? » Je voulais qu'il admette : les racontars ne sont pas vérité.

« Dieu m'en garde, il a dit. Tout, mais pas eux. Je préfère "vendre du beurre aux Allemands plutôt que de leur serrer la louche". Ils ont morflé tous ceux qui sont passés chez eux. »

Il m'a raconté comment un de ses amis s'est tapé une belle dépression nerveuse après qu'ils l'ont fait bosser comme un âne pendant des mois, « sans lui donner une cacahuète ». Ils lui ont parlé comme à un moins que rien, l'ont viré en le jetant dans les escaliers et l'ont traîné en justice pour avoir volé il ne savait plus trop quoi, mais : « Les ramettes de papier, cartouches d'encre de l'imprimante dans le bureau qu'il occupait, je crois. — Tu crois ou t'es sûr ? »

J'ai insisté sur ce dernier point avant de lui annoncer :

Mon film allait précisément être produit dans ces bureaux qu'il ne voulait pas voir, en haut des escaliers d'où son pote s'était fait jeter, avec ces producteurs dont il pensait tant de mal sans les avoir jamais croisés.

« Envoie-moi le scénario par mail, je te rappelle. »

J'ai eu plus de difficultés à lui annoncer : j'étais dans l'incapacité de lui faire lire une ligne. Mon scénario était verrouillé par un code secret. On ne pouvait l'imprimer, l'envoyer que depuis les ordinateurs sélectionnés par Blaise. Sans le code, il ne recevrait que des hiéroglyphes.

La production tenait à garder l'histoire secrète.

« Quand je veux faire des changements dans le texte, j'ai un code provisoire. Mes producteurs adorent tant le scénario qu'ils le gardent au coffre ! »

J'ai tenté de lui faire envie. Mieux protégé que les tableaux du Louvre, j'avais pondu l'objet rare. Il allait bientôt lire ce qu'il allait lire.

« Tu n'as pas accès à ton propre scénario ? » Philippe ne mesurait pas l'importance de l'œuvre accomplie. « Je te félicite », Blaise a dit à plusieurs reprises.

« Ce que tu vas lire est la version définitive. Ils y croient beaucoup, tu sais. » Alors ? Est-ce que Philippe était d'accord pour rencontrer Blaise ? « … Fais-le pour moi. »

Je ne sais d'où m'est sortie cette toute petite voix.

« Ben… Écoute, je… je réfléchis, je te rappelle demain… »

Il n'a plus fait de blague, il a raccroché.

J'ai envoyé un texto à Blaise.

« Je crois que j'ai un dir-prod à te proposer. — Qu'il soit à mon bureau à 10 heures tapantes, ton gugusse », il a répondu.

J'étais tellement contente.

Philippe m'a rappelée à l'aube :

« Tu te lèves tôt ! »

Il était surpris que je décroche.

« Pourquoi tu me téléphones en pensant ne pas m'avoir ? j'ai rigolé. Tu parles, j'attendais ton appel avec impatience. »

C'est insensé d'appeler les gens en espérant qu'ils ne décrochent pas.

« T'as un back-up si ça le fait pas ? »

Le terrain trop glissant, la réponse trop dure pour être formulée clairement, Philippe s'est mis à parler en américain et en abrégé. Traduction : pense à quelqu'un d'autre, parce que je ne vais pas faire ton film.

« Non », j'ai répondu en français. Je n'avais pensé à personne d'autre.

Il a soupiré, il était un peu embêté pour moi, mais il était en train de me dire non.

« T'as rendez-vous aujourd'hui. Blaise t'attend à 10 heures. Vas-y, tu décides après. S'il te plaît. —… »

La discussion a été longue, mais je l'ai convaincu ! J'ai convaincu Philippe Blumberg !

À 8 heures du matin, alors qu'il avait espéré tomber sur ma messagerie, j'avais décroché. Alors qu'il n'avait aucune envie qu'on l'appelle gugusse, pas le moindre désir de se rendre, à 10 heures tapantes, 13, rue Lincoln, qu'il n'avait pas la moindre intention de « les voir, ni de près, ni de loin », la volonté ferme de ne « pas leur parler, encore moins de les entendre », alors qu'il venait de refuser mon film, qu'il n'avait pas lu, je l'ai convaincu !

« Ils sont spéciaux, mais ils sont charmants. Je t'assure, je te promets. Je te jure. »

Il restait sceptique, mais il a fini par entendre. Je lui ai dit que, s'ils donnaient leur colère, ils donnaient également leur joie, ils sont exigeants, mais : « On passe des moments super. Faut juste savoir les prendre. Je te donnerai le mode d'emploi. »

J'ai avoué : « Oui, je suis au courant, ils jettent les gens dans les escaliers. Mais, à toi, ça ne va pas arriver. Ne t'inquiète pas, avec moi, ça n'arrivera pas. » Je lui ai raconté comment Gundrund et moi devenions des amies. « Comment ça va, ma chérie ? » elle dit maintenant dès que je l'appelle. Je lui ai raconté comment Blaise me protégeait contre tous ceux qui voulaient que je « me contente de peu ». « T'as un don, t'es unique. Je te laisserai pas faire n'importe quoi. » Blaise me protégeait contre moi-même.

« Tu vois un peu l'investissement ? Il y en a combien, des producteurs aussi passionnés ? Combien ? Allez, dis-moi ? »

Philippe n'a pas pu m'en citer un seul !

« Alors ? Tu y vas ? — OK. »

Il a accepté le rendez-vous !

— Ça va pas ? Ça s'est mal passé ?

Philippe ne s'assoit pas dans le café où je patiente depuis un bon moment. Il est blême.

— Il t'a jeté dans l'escalier ?

Je parcours rapidement son corps du regard. Il a l'air indemne.

À peine le temps de lâcher quelques pièces sur la table, Philippe attrape ma main, m'entraîne au-dehors.

Il ne dit rien alors que nous tournons à l'angle de la rue. Il ne dit rien alors que nous avançons à pas de géants vers je ne sais où. Une fois que nous arrivons tout en bas des Champs-Élysées, assez loin de la rue Lincoln, encore un peu plus loin, il s'arrête.

— Les financiers, chaînes et commissions ont tous refusé *Pretty Girls*.

C'est ce qui sort de sa bouche quand on s'arrête de courir.

— Hein ?

Je regarde Philippe. De quoi il parle ? Qu'est-ce qu'il raconte ? Est-ce que j'ai bien compris le sens de sa phrase ? On dirait qu'il attend une réponse.

Qu'est-ce qu'il veut que je réponde à cette saloperie ? Il est fou, celui-là ? Il veut peut-être que je lui en balance une ?

— Qu'est-ce que tu viens de dire ? je lui jappe au nez.

Il ne répète pas, il a peur que je lui éclate la tête. S'il ne s'est pas fait démolir par mes producteurs, c'est moi qui vais le faire. Bandit ! Voleur !

— Mon scénario est génial ! Tout le monde veut le lire.

Pourquoi, avant qu'il aille au rendez-vous, j'avais tout ce que je voulais, et maintenant plus rien ? T'en as fait quoi, du chèque de la pleine de pognon qui dit merci en signant ?

Pourquoi Blaise ne m'a rien dit ? Pourquoi Gundrund ne m'a pas appelée ? Depuis combien de temps ils le savent ? Et les douze rendez-vous « C'est dans la poche » que j'ai enchaînés avec Gundrund ?

Les questions se sont mises à se bousculer trop vite pour que je puisse y apporter le début d'une réponse.

Je suis restée plantée là. Philippe a posé sa main sur mon épaule. Elle était lourde, réconfortante, paternelle.

— Pourquoi je ne suis pas au courant ?

J'ai réussi à reparler.

— Viens, on marche un peu.

Comme l'aurait fait mon père, si j'en avais eu un, il m'a entraînée en direction de la Concorde.

Après quelques mètres, il a dit :

— C'est un peu étrange, mais je pense qu'ils vont produire ton film.

Il a passé son bras autour de mes épaules, comme on fait avec un enfant triste pour lui redonner du courage.

— T'as raison, ils croient beaucoup en toi. Ne perds pas espoir parce qu'eux ne le perdent pas.

Lui non plus, n'avait jamais vu des gens aussi passionnés, aussi investis. Il a souri en me montrant le scénario dans son sac. « Ça a l'air super. » Il acceptait de faire mon film quand j'apprenais que je ne le ferais pas.

— Comment on va tourner si on n'a pas de sous ? Faut bien payer les gens.

J'ai failli pleurer.

Blaise a demandé à Philippe de lui faire un devis.

— S'il n'est pas trop élevé, il le produira. C'est ce qu'il vient de me dire. Je n'ai jamais vu ça : c'est un type à part.

Les yeux pleins d'admiration, Philippe semblait revivre un moment exceptionnel.

— Des gens comme Blaise, qui prennent des risques, il n'y en a plus aujourd'hui.

Complètement illuminé, Philippe a recommencé à sourire.

— Tu vas lui donner le prix de mon film, si ce n'est pas trop cher, il va payer ? Comme on s'achète une paire de godasses ?

Je ne sais quelle force de persuasion Blaise avait développée, mais Philippe s'était fait empapaouter pendant deux heures, je faisais l'horrible constat.

Philippe m'a expliqué : Blaise a plein d'amis, un peu partout… À commencer par la Belgique, le Luxembourg… Il m'a cité à peu près la moitié des pays de la planète.

— Il n'a pas d'ami en Allemagne !

J'ai eu peur de soulever un lièvre.

— Il ne m'en a pas parlé.

À pied, nous avons rejoint mon appartement. Je ne savais plus quoi penser de tout ça, quand Philippe m'a dit :

— Quoi qu'il arrive, ils le feront.

Il a soulevé le sac dans lequel se trouvait mon scénario.

— Je le lis en rentrant, je t'appelle ce soir.

Je l'ai salué, je suis rentrée chez moi.

— Maman ! Maman !

Raoul se jette sur moi à peine j'ai poussé la porte de mon appartement.

— Regarde, c'est le nouveau jeu que papa a commandé pour moi sur Internet, regarde, t'as vu ? Regarde ! Tu vois ? Je peux aspirer des fantômes ! C'est bien, tu vois ? Tu vois bien ?

Il me flanque son nouveau jeu électronique sous le nez.

Suivie de trop près par le double écran lumineux que me présente Raoul, je peux à peine me déplacer.

— Ah oui…

Je referme la porte en passant au-dessus de sa tête. Je pose mon sac en le contournant par la droite.

Je fais demi-tour sur moi-même. Plaçant le jeu et mon fils dans mon dos, j'entreprends d'aller plus avant dans l'entrée, mais c'est compter sans la volonté de Raoul. En deux petits bonds, le voilà de nouveau face à moi.

Mon fils a décidé : il veut partager sa passion favorite avec moi. À savoir, appuyer sur les touches de plastique et faire sauter des icônes colorées, le tout accompagné d'une petite musique synthétique, insupportable tant elle est répétitive.

Comme l'été, poursuivie par une abeille décidée à nicher dans mes cheveux, où que j'aille, je suis suivie par la console de Raoul.

Je retiens le réflexe que j'ai habituellement pour chasser les insectes intrusifs. Je ne balaie pas l'espace d'un revers de main. Je suis obligée de pencher la tête pour ne pas prendre un coup d'écran en plastique dans la tempe, alors que je retire mon manteau. Je lève les bras pour pendre ma pelisse, mon fils aussi.

— Tu vois, maman ? Hein ? Tu vois ?

Il joue sur la pointe des pieds, bras en l'air, afin que je puisse mieux voir cette saloperie de bonhomme à gros nez, à la casquette rouge, à mi-chemin entre un clown-pompiste et un champignon.

— Oui, oui, je vois bien, je t'assure. Je ne vois d'ailleurs que ça. C'est super.

Je m'y reprends à deux fois pour accrocher mon manteau.

D'un geste, le plus doux possible, j'écarte de quelques centimètres les mains de mon fils sous mon menton, mettant le jeu à une distance plus acceptable de mes pupilles. Je ne bouge plus. Je regarde. Les rayons violets, les pièces jaunes, les étoiles roses… J'ouvre de grands yeux en fixant les deux écrans qui forment la console. Je montre ostensiblement à mon garçon : je m'intéresse. Je tiens le plus longtemps possible, espérant qu'il sera satisfait : j'ai vu et bien vu.

— Tu sais, chaton, je prends une petite voix de maman calme et attentionnée : je le connais, ce jeu.

On dirait une pub pour les Kinder Surprise tellement je souris.

— C'est papy qui te l'a offert le mois dernier.

Je ris, il pense que j'ai déjà oublié, c'était pour l'opération de ses oreilles. Un yoyo dans chacune. Je lui caresse les cheveux. Ça veut dire OK, là c'est bon, j'en ai marre, je vais embrasser ta sœur, saluer la nounou, faut que je file dans mon bureau, je dois appeler Jack. Quand mon agent va apprendre ce que je viens d'apprendre, le ciel va lui tomber sur la tête comme il est tombé sur la mienne, il y a quelques minutes.

— Naaaaaaaaannn !

C'est une deux fois 500 watts qui se déclenche quand Raoul proteste.

— Ça, c'est la tableeeeette !

Je grimace en regardant mon petit garçon.

— Tu compreeeeeeends riiiiiien mamaaaaaaaan !

Il monte encore d'un cran.

Si l'ORL m'a annoncé qu'après les yoyos on va lui enlever les végétations, moi je vais proposer une réduction des cordes vocales, c'est pas possible autant de décibels qui sortent d'un si petit corps ! De son index potelé, Raoul désigne la cartouche glissée dans la fente à l'arrière de la console.

— C'est cette carte, le jeu !

Il est content de me transmettre son savoir.

— La coque en plastique noir, les écrans ne sont que le lecteur.

— Ah bon ? Quand t'as ce truc, ça ne suffit pas ? Faut encore acheter les cartouches ?

J'entre enfin dans mon salon, laissant mon fils affligé par mon ignorance.

— Ben oui, c'est comme un ordinateur ou un lecteur de DVD.

À huit ans, il trouve que ma réflexion est un peu… Je fais comme si je n'entendais pas.

— Mama ! Mama !

D'autres cris tout aussi puissants m'accueillent. Purée, ils vont finir à l'Opéra tous les deux. Ma petite fille a presque autant de coffre que son frère aîné.

— Poupette !

Les deux petites couettes autour de sa tête s'agitent joyeusement alors qu'elle se jette sur moi. Je la serre dans mes bras. Raoul s'approche pour compléter la mêlée. La joyeuse famille kindershokolade est réunie sous le regard bienveillant de la nounou. Bras croisés, à l'autre bout de la pièce, on dirait qu'elle regarde la télé.

— Le bain est prêt ? je lui demande comme si c'était un simple renseignement que je voulais. Comme si je n'étais pas perturbée et que je ne voulais pas aller immédiatement m'enfermer dans mon bureau, mettre la petite affichette « Ouste » à la poignée, passer des coups de fil, réfléchir à cette situation.

— Le bain est prêt.

Elle sourit.

Une statue ! Je vais ériger une statue en l'honneur de la nounou !

— Allez, allez, c'est l'heure du bain !

Je chante presque, comme si je vendais encore des confiseries à des enfants modèles.

— On va prendre le bain !

J'entraîne mes ouailles vers la salle de bains.

— Maman, je peux prendre seulement une douche ?

Je ne m'en tirerai pas à si bon compte, Raoul s'arrête à l'entrée de la salle de bains.

— Je pourrai rejouer après ma douche ? Je viens juste de l'avoir, mon jeu ? S'il te plaît, maman ! Hein ? Je peux rejouer juste après ma douche ?

— Oui, mais alors sans le son ! Et seulement un quart d'heure !

Je n'ai plus rien à voir avec une mère douce et attentive, je manque de le pousser dans la salle de bains. Qu'il aille se laver !

— Un quart d'heure ? Mais j'ai même pas le temps de faire une partie…

— Alors tu ne la commences pas !

Moi aussi, j'ai quelques décibels enfouis dans le fond de ma gorge. Il va y entrer dans cette baignoire ? Je m'impatiente et ça commence à se voir.

— Bon… d'accord, seulement un quart d'heure, alors…

Tête basse, il s'en va comme « Graine d'ortie », le petit orphelin de Paul Wagner, abandonné par sa mère à l'Assistance publique. Il passe enfin l'encadrement de la porte. Il entre dans la salle de bains.

À peine son deuxième pied a-t-il foulé le premier carreau, je me retourne, je cours, je fonce dans mon bureau. La pancarte côté « Ouste » en place, je m'enferme.

— Jack, je suis dans la merde.

— Arrive.

« Spreachs du noch Deutsch ? Vielen grussen. G »
Tu parles toujours allemand ? Gros baisers. G

— Je te l'avais dit !

Jack est fou de rage. Ce que je viens de lui apprendre, il s'y attendait tellement. Il en est estomaqué.

— J'en étais sûr !

Il ne sait plus quoi dire. Même s'il était persuadé que ça allait se passer comme ça.

— Je t'ai dit mille fois : écris ton scénario comme tu l'entends, après tu vas voir des gens normaux, qui se comportent normalement. Putain, comment tu veux que quelqu'un leur file quoi que ce soit ? T'as vu comment ils traitent tout le monde ? T'entends pas comment ils parlent ?

Il se demande si je suis devenue aveugle et sourde.

— Si…

— Tu crois que tu peux envoyer les gens paître à longueur d'année, te ramener la gueule enfarinée pour demander du soutien ? T'as vu jouer ça où, toi ?

Il secoue la tête tandis que je ne bouge plus du tout.

Qu'est-ce que Jack insinue ? Mes producteurs n'en sont plus ?

— C'est… quand même… ce qu'ils font à longueur d'année, non ?

— Pfff.

Il hausse les épaules.

— Oui, oh, c'est pas parce qu'ils vont à Cannes… Tout le monde y va, à Cannes. N'importe quelle secrétaire de n'importe quel cabinet de dentiste, d'ophtalmo, qui a croisé un mec du bureau des accréditations, y va. N'importe quel figurant dans un film à trois entrées, il se démerde pour y aller. Même ma voisine, la manucure à domicile, je ne sais pas à qui elle lime les ongles, mais elle va au Festival tous les ans. Elle se trouve une robe qui brille, une imitation de chez « Goût de chiottes » chez les Chinois, et elle les monte, les marches. Je peux te dire, les photographes, ils appuient sur le déclencheur pour elle comme pour les autres. Tout le monde a tellement peur de rater la moindre miette. Pffff… C'est pitié de les voir tous brandir leur carton, pour rentrer à huit cents dans un endroit adapté à la moitié. Ils espèrent quoi ? Signer un contrat avec le dernier qui a monté les marches. Tu parles, à cette heure-ci, le pauvre gars, il est beurré comme un Petit Lu. Pffff, pour un vieux bout de terrine qui traîne, t'en as, ils vendraient leur mère… pffff…

— C'est plié alors ?

Je me ratatine sur la chaise en face de mon agent…

— Non. Non. Ils y arrivent quand même…

Il modère un peu.

— Et puis ils sont entêtés. Ils peuvent peut-être… C'est combien, le budget ?

— Je ne sais pas, le dir-prod est en train de le calculer. Si c'est pas trop cher, Blaise veut le faire malgré tout…

J'attends que mon agent dise : « Ben alors ? Il n'y a plus de problème ! » Mon film n'est pas complètement mort, je veux qu'il dise. Là, maintenant, tout de suite.

— Et puis alors, ta version, avec tes trois radasses, excuse-moi, mais… je ne sais pas de qui vient cette idée…

— Tu l'as lue ?

— Non, mais ça ne plaît pas du tout du tout à Julie que je représente, comme tu sais. Je ne suis plus certain qu'elle accepte le film à l'heure qu'il est. Je vais faire ce que je peux pour la convaincre, mais… Enfin, si le film se monte…

Sans s'en rendre compte, Jack vient de me filer un coup dans le ventre. Si lui dit ça, c'est que mon film ne se fera pas. Jack est un des agents les plus importants de Paris. Un des plus respectés. Il représente beaucoup des acteurs les plus demandés, il connaît tout le monde, il est au courant de tous les projets, du plus petit au plus gros. Je suis écrasée sur ma chaise.

— Tu ne connais pas la dernière ? Blaise voulait Valentine à la place de Julie ! Il m'a fait appeler par

Gundrund. Non seulement Valentine est enceinte jusqu'aux yeux, mais quand je lui ai annoncé le prix, il a frôlé la crise cardiaque ! Je l'entendais derrière. J'ai cru qu'il claquait ! Ha, ha, ha ! La vache ! Jamais vu ça. Des gens comme eux, faut les mettre au zoo ! J'ai négocié un contrat avec eux pour un de mes acteurs, il y a quelques années. J'ai à peine eu le temps de poser une fesse sur son fauteuil qu'il m'a hurlé dessus. Trop gourmand, ton acteur ! T'aurais vu ça… Il était en boucle, Zébulon !

Jack se met à parodier Blaise en train de s'énerver. Les deux mains en l'air, il s'agite dans tous les sens, plisse le nez, coince sa voix dans le fond de sa gorge. Il répète aux quatre coins de la pièce : « Trop gourmand ! Trop gourmand ! Trop gourmand ! Trop gourmand ! Faut pas me prendre pour un con ! Je paierai pas ça ! »

Jack imite Blaise, comme j'imite les vilains Gremlins dans les films de Steven Spielberg. « Alphonse, contrat du dernier cachet de l'acteur ! Gundrund, nombre d'entrées du dernier film ! Ha, ha, ha ! »

Après qu'il a bien ri, Jack reprend son souffle, reprend une voix humaine.

— Je ne lui avais même pas annoncé la somme qu'il était déjà vert ! Ben, tu sais quoi ? Je lui ai demandé le double de ce que j'avais prévu ! Ha, ha, ha ! Ben, tu sais quoi ? Il me les a donnés !

Jack s'en tape la cuisse de joie.

— Le film n'a pas tenu une semaine à l'affiche !

Ha, ha, ha ! C'était bien la peine de gueuler si fort, pour se faire entuber à ce point derrière !

Il rit.

Tout ça, les anecdotes, c'est le jeu. C'est comme ça, le cinéma. Je te prends pour un con, tu me prends pour un con, on se prend pour des cons… C'est drôle. Les films se montent, ne se montent plus. T'es en haut de l'affiche, t'es en bas, t'y es plus du tout, puis tu reviens. C'est tellement… C'est fou ! Le spectacle se termine, Jack se calme. Il me regarde, me sourit. Se rend-il compte d'un coup que je n'ai pas le cœur à rire ? J'ai beau essayer de donner le change, je n'y arrive pas.

Les aventures du cinéma, ça me fait rire moi aussi, normalement.

— Bon, Pépette, qu'est-ce que tu veux faire maintenant ?

Jack redevient sérieux. Il m'aime bien. Il veut m'aider.

— Quoi que tu décides, je te suis.

Et quand il dit ça, il dit vrai.

Jack m'a toujours soutenue dans toutes mes décisions, même les plus folles. « Tu vas aller faire ce film en Géorgie ? C'est pas la Géorgie des States, t'es au courant ? » Il ne comprenait pas pourquoi je préférais tourner un film, maximum vingt-deux entrées/jour, dans le Caucase, payée à coups de lance-pierre, plutôt que la comédie avec Ringo le cochon et cet acteur super, mais alors là, super-marrant.

« C'est pas à cause de l'acteur, c'est le porc. Ça ne me dit rien, de bosser deux mois avec un cochon.
— Ce que j'aime avec toi, c'est que t'as des convictions. »

Il avait cédé. Il avait même fini par penser que j'avais raison. Le premier jour, le film du Caucase a fait vingt-trois entrées. On était super-contents.

— Alors Pépette ? On fait quoi ?

Je hausse les épaules. Je n'en ai pas la moindre idée. Je le regarde. « Trouve une solution pour moi », il comprend ce que je n'articule pas.

Il se penche, récupère trois scénarios sur la petite table, à côté de son bureau.

— T'as toujours ça qui t'attend.

Il dépose *Les Kings de la guinguette*, un script de Sandrine Caron, *À fond la société* de Pascal V.

— Et je veux que tu rencontres Anna Aubrey.

Il se penche de nouveau, cherche le scénario, se redresse.

— Je te le fais porter dans la semaine.

Mon agent enterre mon projet avant qu'il ne soit définitivement mort.

— C'est mon film que je veux faire, je dis sans relever les yeux.

Jack ne soupire pas parce qu'il est fatigué, il soupire parce que la petite chose en face de lui n'a rien à voir avec l'actrice qu'il représente habituellement. Ça le démonte, de me voir dans cet état. Il appuie sur un bouton du téléphone, devant lui.

— Claire ? Vous pouvez venir avec le contrat *Pretty Girls* de Sybille ?

— Oui.

Jack soupire encore. Il me regarde, je le regarde. Nous nous regardons jusqu'à ce que Claire, la juriste, entre et dépose mon contrat sur la table.

— Merci.

Il ouvre le contrat. Je l'observe. Qu'y a-t-il d'écrit là-dedans ? Je regrette aujourd'hui, je ne lis jamais les contrats. Je paraphe, je signe, j'ai une allergie à la paperasse. Même les factures à mon nom, c'est Adrien qui les ouvre depuis qu'on s'est fait couper l'électricité, par négligence de ma part. Dès que je vois une lettre administrative, deux numéros collés quelque part, je deviens analphabète.

— Ouais… c'est bien ce qu'il me semblait.

Jack tourne les pages.

— Ouais, c'est ça…

Il tourne encore une page.

— Ben… oui.

— Alors ?

— Alors t'as plus qu'à serrer les fesses pour que ce qu'il t'a dit soit vrai. Qu'il le produise, ton film.

— Hein ?

— Tu ne peux pas récupérer le scénario, il leur appartient. Pour dix ans.

— Dix ans ? C'est une éternité…

Jack est mal à l'aise tout à coup. Ça ne lui ressemble pas, d'avoir accepté un truc pareil…

— Ouais, c'est un peu long.

Il appuie de nouveau sur le bouton de son téléphone.

— Claire ?

— Oui ?

— Les droits, on ne les cède pas trois ans, habituellement ?

— …

— Claire ? Vous êtes là ?

— Oui.

La juriste lui rappelle : elle ne sait pas si Jack se souvient, mais, quand il était revenu du rendez-vous avec Blaise, il avait dit : « Sybille s'est fourrée dans une m… ! On ne peut pas parler avec ces gens ! » Jack était énervé, Claire lui rapporte ses propos. « Ils m'ont traité comme un voleur de poules ! » Jack avait claqué la porte de son bureau en rentrant. Claire se souvient parfaitement de ce jour de négociation.

— Vous avez demandé à Sybille de changer de crèmerie, elle ajoute.

« Je les aime bien, et puis on a travaillé le scénario ensemble, ça n'a plus de sens de partir. »

La juriste rappelle ce que j'ai répondu en ce jour de pourparlers houleux.

— Et alors ? On a abouti à quoi ?

Jack n'en croit toujours pas ses yeux ni ses oreilles.

— Le contrat, c'était dix ans, payé au premier jour de tournage, point-barre, sinon vous alliez « vous faire foutre ». Vous ne vouliez pas signer, Sybille a insisté.

Vous avez fini par céder, Claire a conclu, avant de rendre la ligne.

Après un long silence, il allait presque pleurer avant moi, on aurait dit.

— Tu t'en sors financièrement ?

J'ai cru qu'il allait ouvrir son porte-monnaie.

Je n'étais plus en mesure de continuer sans laisser éclater la boule dans ma gorge. Alors j'ai prononcé une phrase courte :

— C'est pas le problème.

— Comment ça va, ma chérie ? Oh là là, mais quelle mignonne, mignonne petite veste ! C'est à toi, ça, ou on te l'a prêtée ?

Gundrund tâte le col de ma veste molletonnée, alors que nous montons l'escalier jusqu'à son bureau.

— C'est la mienne.

— Ça vient de chez qui ?

Je règle mon pas sur le sien, tandis qu'elle cherche dans mon cou la marque du vêtement sur mon dos.

— Agnès B ! Quelle merveille ! Ah là là, c'est ravissant ! Tu peux pas m'en avoir une ? J'aime trop. C'est ça qu'il me faudrait. Tu crois que tu peux en avoir une ?

— Euh... ben... je...

— Demande ! Demande ! Il me faut la taille au-dessus, mais sinon, c'est impec.

— Alphonse ! Deux cafés ! elle crie, alors que nous entrons dans son bureau, qu'elle file s'asseoir derrière sa table.

— Dis donc, bravo pour ta copine allemande ! On a eu un refus de Berlin ce matin ! elle m'annonce, comme on attribue une nouvelle médaille au palmarès des cancres. On peut dire qu'elle est efficace, celle-ci ! Jamais eu une réponse aussi rapide.

Elle ouvre son sac, en sort une bouteille d'eau minérale.

— De toute façon, on ne voulait plus y aller. On préfère Venise. Berlin, c'est devenu vraiment…

Elle secoue la tête tellement elle n'aime plus ce festival.

— Ah mince. Je suis désolée, je balbutie en m'asseyant à mon tour. Si quelqu'un pouvait aider, elle était la mieux…

— Non mais tu rêves ? Si, déjà, nous, on n'y arrive pas…

Elle hausse les épaules, dévisse le bouchon de sa bouteille, qu'elle attrape à pleine main.

— Si tu crois que ta copine peut faire quelque chose pour toi… elle ajoute avant de soulever la Vittel.

« Ton amie est une abrutie, personne ne te connaît en Allemagne », j'ai cru qu'elle allait me balancer, avant de se plaquer le goulot contre les lèvres.

Le coude à l'équerre, à la manière du sportif en plein cagnard, elle boit à grosses gorgées.

J'essaie d'ignorer les sons incongrus du dromadaire en train de se désaltérer dans le bureau.

Ça dure, alors que je me demande si la discussion est close, et que je dois sortir : « J'aurais mieux fait de me casser une jambe plutôt que de te demander quoi que ce soit », ou si je dois attendre la fin de l'exercice pour reprendre là où nous en étions, pour continuer là où nous en arriverons :

« En matière de foirade, tu tiens la corde. Ma chérie, tu vas bientôt dire adieu à la rue Lincoln si tu ne sers à rien, enfin bon, je te laisse encore une chance, trouve-moi une veste, les fiches de lecture sont épouvantables, t'as pas de chaîne, on tourne en juin. »

Sa soif étanchée, le plastique finit par claquer. C'est une bouteille presque vide qu'elle repose sur sa table.

— Et ta liste de techniciens ? Tu l'as commencée ?

Ça l'a essoufflée, d'avaler un litre et demi d'une traite.

— Il nous la faut ! Blaise a rencontré ton copain Philippe.

Elle arrache une bouloche sur son pull, la fait tourner entre ses doigts.

— Ton pote, bon, on le prend pour l'instant… C'est pas ce que tu nous avais annoncé…

Elle hoche plusieurs fois la tête. Elle va aussi me pardonner ce manquement, mais :

— Il n'a pas le CV dont tu nous as parlé… On a tout vérifié, c'est pas cinquante-six films qu'il a faits, mais quarante-sept !

Elle ouvre un tiroir, en extirpe une feuille sur laquelle deux chiffres ont été entourés au feutre rouge. Elle me fixe alors que je constate : 47.

— Sybille, il faut vérifier tes sources. C'est peut-être un de tes amis, mais ce n'est pas le meilleur.

Elle froisse la feuille, la flanque à la poubelle.

— Dans ce cas, il fallait nous laisser faire. On en avait, nous, des directeurs de production…

Elle lève les mains, illustre : des brassées de directeurs de production.

— Bon, Blaise l'a trouvé plutôt aimable…

Elle soupire en regardant au loin, à travers la fenêtre, là-haut. Est-ce qu'il fait beau au moins ?

Le long corps vient déposer deux expressos sur la table.

— Merci, je dis alors qu'Alphonse me tend une petite cuillère et un sucre.

Gundrund se désintéresse immédiatement du ciel. Elle me regarde étonnée. Je dis « merci ». C'est tellement gentil de ma part. Je remercie Alphonse, alors qu'il est payé pour accomplir ce qu'il vient de faire.

Le long corps s'en retourne immédiatement.

— Dis, ta liste de techniciens, tu crois que je peux l'avoir quand ? Faut que je la vérifie avant que Blaise ne la voie. Si tu ne nous présentes que des Philippe Blumberg, on risque d'avoir un sérieux problème. Il me la faut.

Je hoche la tête. Je vais faire la liste, je vais vérifier mes sources : quand je demanderai un service à quelqu'un, je m'assurerai qu'il est réellement capable d'accéder à ma demande.

— Sinon, alors… on a relu le scénario chacun de notre côté, Blaise et moi…

Ça y est. Gundrund va me parler du financement. Comme a dit Jack hier, je « serre les fesses ».

Elle secoue la tête, soupire, secoue la tête. Il y a encore du travail… elle est découragée par le pain qu'il reste sur ma planche. Elle lèche rapidement son index, tourne quelques pages. Là, faut revoir… Elle feuillette… Lèche son doigt, Là, faut revoir… Encore quelques pages… Là aussi… Et puis… Et puis… Bon, ça ira bien comme ça, elle referme le texte d'un coup, le plaque sur la table, s'accoude sur la couverture cartonnée, s'immobilise. Elle est désolée, mais :

— Tu sais, faut que je te dise…

Fesses serrées à bloc, je retiens mon souffle.

« Nous arrêtons ton film », elle va dire.

— Il y a encore des choses qui ne vont pas dans le scénario. Je pense que tu peux oublier complètement le début. C'est trop long. Et puis la partie à la maternité, c'est… chiant… Mais c'est d'un chiant…

Elle s'en tient le front tellement c'est vrai…

— Je me suis ennuyée… puis alors, il n'y a pas que moi ! Blaise, même chose ! Et alors, la fin. La fin. Non, mais la fiiiin !

Elle étire le mot jusqu'à sa prochaine inspiration.

Je ne comprends pas. Je comprends rien. Elle me regarde, ça mérite des explications, elle a l'air de découvrir l'histoire aujourd'hui.

Avant que je n'ouvre la bouche, Gundrund récupère le scénario, dont elle attrape les deux dernières pages. Elle les tient un moment au-dessus des autres, les soulève, ce qui donne à mon scénario une drôle de forme, elle les balance de gauche à droite, ce qui fait danser tout le texte, elle les soupèse ; ça n'a pas l'air lourd.

— Faut retravailler. Tu penses que tu peux nous faire ça pour quand ?

Elle clique sur son agenda électronique.

De son index, elle fait défiler le calendrier coloré.

— Ben…

— On part se reposer un peu la semaine prochaine. Là, franchement, on en a besoin. On est fatigués, qu'est-ce que tu crois !

Elle se défend d'un coup.

Ben, je n'ai jamais dit le contraire. Je n'ai jamais pensé qu'ils n'étaient pas fatigués.

— Oui, je comprends.

Je la rassure, je n'ai jamais prétendu qu'elle était en forme.

— Tu crois que tu peux me le rendre vendredi ? Je le lis avant de prendre l'avion, ça te laisse une grosse semaine pour faire les corrections.

Elle regarde encore un peu les dates.

— Huit jours… on peut pas prendre plus, on a trop de travail ici.

Elle soupire, ça lui aurait fait du bien, quinze jours de vacances, mais là, non, Blaise et elle ne peuvent pas s'offrir ce luxe…

— Alors ? Tu crois que c'est jouable ? Je peux t'aider, tu sais. Tu viens demain ! On bosse toutes les deux.

— Heu... Heu...

— Tu sais, faut vraiment se dépêcher... J'ai appris qu'il y a un autre film avec des filles qui va se monter. Deux films avec des filles dans la même année, c'est risqué. On en a parlé avec Blaise, il a une stratégie.

— Alphoooonse ! Vous pouvez dire à Blaise que Sybille est dans mon bureau ?

Le long corps reparaît.

— Bien sûr.

Le long corps disparaît.

Gundrund m'observe. Elle a l'air épuisée. La route est encore longue, mais elle le sait, il faut en passer par là. Est-ce que j'ai les reins suffisamment solides ? C'est la seule inconnue maintenant.

— Ma pauvre chérie. Si tu savais ce qu'on entend à longueur de journée...

— Ah ?

Elle va me dire : « Tous ceux qui ont lu ton scénario l'ont trouvé pourri. Ils ont tous dit non. »

Elle me regarde longuement. J'ai tellement de chance d'être épargnée. Son sourire en dit long. Si je savais... Heureusement, je ne sais pas.

— Tu ne penses pas que j'aurais besoin d'un coscénariste ? Après les différentes versions, tous les changements apportés au texte, j'ai peur de ne plus savoir où j'en suis…

— Quoi ? !!!

Gundrund se redresse d'un bond sur son fauteuil.

— Ça va pas, non ? Tu n'as besoin de personne ! elle se met à hurler d'un coup. Blaise et moi, on est là pour ça ! Moins tu le fais lire, mieux on se portera ! Tu ne le fais lire à personne, hein ?

Est-ce que, sans le lui avoir dit, je l'ai fait lire à quelqu'un ? Elle se demande si elle n'est pas en train de découvrir le pot aux roses.

— Personne n'a rien lu.

Je m'empresse de chasser la frayeur qui vient de s'afficher sur son visage. Je ne lui rappelle pas que je n'ai pas le code d'accès mis en place par Blaise.

— Sybille, il faut que tu nous fasses confiance un peu ! Tu n'as besoin de PER-SONNE. On sait lire, nous. On se fiche de l'avis de Machin et de Machinette ! On passe notre temps à refuser les scénarios que tout le monde accepte, alors t'as qu'à voir ! Non, non, il y a encore du travail, mais je suis là ! Ne t'inquiète pas ! On va le faire, ton film. QUOI QU'IL ARRIVE, ON VA LE FAIRE. Ça ne nous est jamais arrivé de ne pas faire un film. JAMAIS.

— Oui, je dis. J'ai confiance.

— Et puis tu vas voir ce qu'a fait Blaise, je peux te dire, il bosse, lui ! Tu vas être en-chan-tée !

— Super.

Je souris. J'avale une gorgée de l'expresso en train de refroidir.

— On a des nouvelles des chaînes ?

Je n'ai pas le temps de rattraper ma malheureuse question.

Gundrund plaque rageusement ses deux mains sur la table.

C'est une voix de cantatrice qui résonne dans la pièce :

— Mais c'est PAS VRAIIIIIII ? Il faut te le dire en quelle langue ? ON LE FAIT, TON FILM ! QUOI QU'IL ARRIVE ! Qu'est-ce que t'en as à faire, des chaînes ? Laisse-nous un peu faire notre boulot, tu veux bien ? T'en as déjà pas mal. Occupe-toi de ce que tu as à faire.

— Oui, bien sûr… C'est juste que…

Je ne sais pas pourquoi, mais je suis soulagée de voir Blaise arriver.

— Salut ma belle, il dit de sa voix basse et chaleureuse.

Une petite caresse sur mon épaule, c'est sa façon de me saluer, maintenant.

— T'as vu sa veste ? Elle est ravissante, non ? Elle va m'en trouver une pareille !

Blaise hoche la tête. C'est bien, ça lui convient.

— Bon, ça va ? Je ne vous dérange pas ? il demande alors qu'il n'attend pas de réponse.

Il se tourne plus vers moi.

— Gundrund t'a dit ? Je veux quelques changements.

D'un geste élégant, il pointe mon scénario sur la table de sa sœur. Il dessine quelques cercles dans l'espace, il faut refaire la mayonnaise. Il replace sa mèche.

— Elle t'a dit où j'avais encore des problèmes ?

— Oui. Dans le début, le milieu et la fin.

— Voilà.

Cette formalité passée, je m'aperçois qu'il cache une feuille derrière son dos. Il sourit. Il a une surprise pour moi.

— Prête ?

— Oui.

D'un geste rapide, Blaise retourne la feuille sur son ventre, à hauteur de mes yeux.

— L'affiche, il dit tout simplement.

Trois filles en guêpière sur fond jaune poussin.

Les noms des trois actrices en haut. Un film de Sybille, en énorme sous les talons aiguilles.

Silence. Je ne sais que penser de ce que je vois, affiché, sur le ventre de Blaise. Je préfère observer avant de prononcer la moindre syllabe.

— Dis donc ! je dis seulement, en m'approchant de la future affiche, que je ne dois pas toucher si j'en crois le mouvement de recul qu'a eu Blaise quand j'ai tendu la main. Qu'est-ce que c'est, là ?...

Je me courbe, je détaille la maquette en silence. Je prends soin de sourire. Des petites étoiles rose bonbon scintillent dans le jaune. Et ça ? Oh ? Des petits cœurs... Et là, en tout petit ?... Des anges tout nus, avec des arcs. Ils vont crever les petits cœurs à la lueur des étoiles du firmament jaune cocu.

Je continue de détailler, parce que je ne suis pas en mesure de me relever tout de suite. Je ne suis pas en mesure de prendre la parole pour donner le fond de ma pensée.

Je n'ai pas la moindre idée de ce que je vais dire en me redressant.

Ça y est, j'ai trouvé ! Je vais commencer par dire ce que j'adore le plus : « Dis donc, c'est super bien pensé ! Le titre *Pre-tty-Girls*, découpé en trois morceaux, est écrit comme des tatouages sur les décolletés des trois Catwomen. »

— J'ai jamais vu ça ! je dis en me redressant.

— C'est génial, non ?

Gundrund est fière.

— Ah ben là, j'ai dit en me rasseyant.

— Dis donc, j'ai pensé à un autre truc.

Blaise s'est assis à son tour, sur la chaise à côté de la mienne. Il a déposé l'affiche à l'envers sur la table.

— T'en parles à personne, de l'affiche !

Il a planté ses yeux dans les miens.

— Non, bien sûr que non, je l'ai rassuré.

Je me doutais bien que tout le monde allait vouloir la même.

— Tu me la mets dans le dossier.

Il a donné l'ordre à sa sœur de la planquer au coffre avec le reste. Il m'a demandé d'organiser un dîner avec les actrices. Il voulait que nous choisissions une des deux chansons que Gundrund et son voisin avaient sélectionnées. Les actrices chanteraient au générique de début et de fin.

— Je veux faire un clip vidéo qu'on balance sur le Net avant la sortie en décembre. On va leur faire enregistrer un tube.

Il a annoncé sa stratégie comme un général de guerre qui a trouvé le moyen imparable d'encercler l'ennemi.

— Ah ? C'est… C'est une idée… Faut qu'elles sachent un petit peu chanter, mais…

— Elles vont pouvoir nous remercier, tes copines, il a ajouté en se relevant.

— C'est sûr !

Gundrund aussi pensait qu'elles avaient bien du bol, mes trois actrices, de se retrouver dans ce projet.

C'est tout ce que Blaise avait à dire. Il s'est dirigé vers la sortie, puis :

— T'as vu mon monteur ? Faut que tu voies mon monteur. On passe en décembre, il a ajouté, juste avant de sortir.

Gundrund s'est emparée de l'affiche :

— C'est une merveille, hein ?

Elle me l'a montrée une dernière fois, avant de la faire disparaître dans un tiroir à clé.

— Avec ça, je vois bien *Salut minette* du chanteur star des années quatre-vingt, je n'ai pas pu retenir.

— Haaaaaaaaaaaaa !

Elle s'est mise à hurler comme si elle avait très peur. Elle a bondi de sa chaise, a couru hors de la pièce en criant :

— Elle est géniale ! Blaise ! Elle est géniale ! Elle vient de trouver la chanson ! On n'a plus besoin du voisin ! C'est génial ! Une idée formidable !

Chantal : 62. Marc : 55. Pierre : 65. Henri : 41. Vincent : 51.

— Qu'est-ce que tu fais ? Tu prépares une boum ?

Adrien, qui lit par-dessus mon épaule, se demande pourquoi je rédige une liste de noms. Pfff... Depuis que je lui ai parlé de cette histoire de clip, lui...

Laure : 44. Thierry : 61. Jean-Yves : 58. François : 36. Antoine : 51.

— C'est ma liste de techniciens. Faut que je la finisse aujourd'hui. Demain, je passe la journée à la production.

— T'es obligée de noter leur âge, ou ils participent à une course ?

Adrien pointe les chiffres à côté des prénoms.

— C'est des numéros de dossard ?

— Ha, ha ! Presque.

Je ris.

Mon copain sait être marrant quand il veut.

— C'est le nombre de films qu'ils ont faits !

Je suis maligne. Cette fois, je ne me ferai pas avoir quand je présenterai ma liste. Rappelée à l'ordre pour Philippe Blumberg, je ne vais pas me faire enguirlander deux fois.

J'ai vérifié toutes mes sources sur IMDb. International Movie Database ! C'est Gundrund qui m'a filé le tuyau. Je montre à mon copain la page ouverte sur mon ordinateur. C'est la plus grande base de données au monde concernant le cinéma. On sait tout sur tout le monde. Du premier court-métrage au plus gros blockbuster !

C'est là-dessus que Blaise a compté le nombre de films qu'a faits Philippe.

— Regarde, c'est une mine, ce truc ! Quand t'as tourné un film, c'est marqué dedans, sinon c'est pas marqué. Voilà, il n'y a pas à tortiller.

Je suis ravie qu'il découvre un truc sur Internet grâce à moi. Pour une fois.

Adrien est perplexe.

— Tu vises un peu l'équipe que je peux constituer avec cet outil ?

— Ouais, je vise.

Il attrape son nouveau livre sur la mauvaise gestion des recettes fiscales en temps de récession.

Dès que ça parle d'autre chose que d'économie, lui… Il se laisse tomber dans le fauteuil à côté du mien, croise ostensiblement les pieds sur la table à quelques centimètres de mes feuilles.

— T'inquiète, je me pousse.

J'éloigne un peu mon ordinateur, mes papiers, mes notes étalées.

— Merci.

Il étend ses pieds plus loin, sur la table basse. Je pousse plus loin mes notes.

J'ai du bol : ses jambes sont trop courtes pour que ses pieds touchent mes affaires, prêtes à tomber de la table.

Inutile de râler, il le fait exprès.

À moitié allongé, il occupe le territoire. C'est pour me rappeler : « Le salon est notre lieu de vie. » Ça fait plusieurs fois qu'il me fait le reproche : « Tout l'appartement n'est pas ton bureau. » Mes conversations au téléphone, comme si j'étais toute seule, mon ordinateur ouvert en permanence, le fil dans lequel on se prend les pieds, ça commence à bien faire. Si Adrien tolère que je sorte mes problèmes de mon réduit, il entend pouvoir se « détendre » en lisant ses pavés, rapports, analyses sur la crise en Grèce, en France, en Espagne et dans le monde entier. Tous ces gens qui font faillite, ça le décontracte, Adrien.

Quand il rentre d'une longue journée de travail, qu'il a fait dîner nos deux enfants, leur a raconté une histoire à chacun avant de les coucher, il souhaite pouvoir jouir d'un minimum du calme nécessaire à son bien-être.

Depuis quelque temps, il se « tape tout » pour que je puisse « m'adonner à ma désormais seule et unique passion », alors si je veux bien lui accorder juste cette faveur, ce serait vraiment « gentil de ma part », il m'a dit l'autre jour, alors que j'avais passé trois heures au téléphone à parlementer avec Gundrund : le personnage masculin devait être interprété par Vincent plutôt que par Clément.

Une fois de plus, Adrien avait dû aller se détendre au lit, à cause de moi qui piaillais là, juste à côté. « Si encore ça servait à quelque chose, toutes ces heures au téléphone... » Il avait soupiré : « T'as fini par prendre Raphaël »... Il était parti se réfugier à l'autre bout de l'appartement.

Là, faut faire un peu gaffe. Si je suis « vampirisée » par mon film, Adrien ne veut pas qu'il « phagocyte » toute la famille. S'il consent que je n'en « rame plus une » à la maison, je dois à mon tour admettre qu'il a besoin de se reposer les deux pieds sur la table.

Je regarde ses orteils qui bougent dans ses chaussettes, à quelques millimètres de mes notes.

— Au fait, j'ai eu Chacha au téléphone, il m'a dit sans relever les yeux de son bouquin, au bout d'un moment.

— Ah bon ? Qu'est-ce qu'elle te voulait ?

Je me suis redressée. Pourquoi ma copine appelait-elle mon copain maintenant ?

— Savoir si tu lui faisais la gueule.

Il a haussé les épaules en guise de ponctuation.

— N'importe quoi ! C'est pas parce que j'ai été débordée ces dernières semaines que je lui fais la gueule. Qu'est-ce qu'elle peut être susceptible depuis que je bosse avec d'autres producteurs !

— C'était son anniversaire le mois dernier, il a lâché, comme s'il parlait d'une émission de radio qu'il avait malheureusement ratée.

— Oh putain !

Je me suis levée d'un bond. Merde ! Chacha ! C'était son anniversaire ! Comment j'ai pu oublier l'anniversaire de mon amie ? Elle a eu quarante ans le mois dernier. Comment j'ai pu rater ça ?

Je me suis jetée sur mon téléphone. Je me sentais horriblement mal d'un coup.

Comme quand, élève candidate au bac, je me suis rendu compte, une fois devant mon lycée : j'étais au mauvais endroit pour l'épreuve de philo. L'examen avait lieu dans un établissement à l'autre bout de la ville. J'ai cru mourir dans le bus qui s'arrêtait à toutes les stations alors que je tentais de rejoindre l'adresse notée en gros, en gras, sur ma convocation.

J'ai appelé Chacha :

— Je suis impardonnable.

— J'en ai pleuré pendant trois jours.

Adrien soupirait.

— Je te demande d'accepter mes excuses.

— C'était important pour moi.

Adrien soupirait plus fort.

— Comme si mon cerveau n'avait plus qu'une seule fonction.

— Te laisse pas bouffer.

— T'inquiète, je maîtrise.

— Fais gaffe quand même.

J'ai peut-être eu une mauvaise note en philo, mais j'ai réussi à me faire pardonner par ma copine.

— Tu te rends compte, Adrien ? J'en ai oublié ma meilleure pote, je lui ai dit quand j'ai raccroché.

Il a à peine levé les yeux, m'a regardée comme si je pouvais bien faire ce que je voulais. De toute façon, qu'est-ce que ça peut bien foutre ce que je dis ? Il a recommencé à lire.

Il y a des soirs, avec Adrien, il vaut mieux passer au lendemain tout de suite.

J'ai repris mes cliques et mes claques. Je suis retournée m'enfermer dans mon bureau.

J'ai vérifié tous les curriculum vitæ, avant d'appeler Philippe :

— Il m'en manque encore quelques-uns, mais jusqu'ici ?

— Ce sont des gens formidables que tu me cites.

Il les connaissait tous personnellement. J'étais impressionnée.

— Ça fait trente ans que je tourne presque tous les jours, il a dit.

— Comment ça se passe pour toi rue Lincoln ?

Depuis quarante-huit heures, il n'avait vu personne. On lui avait permis de s'installer au dernier étage, sous les toits. Cent cinquante mètres carrés vides, pour lui tout seul. Il a préféré s'installer dans le recoin, sous la mansarde. « Quand j'éternue, ça résonne moins. » À part lui, personne ne monte jamais au cinquième.

— Je ne me suis jamais senti aussi seul.

Adrien ne dormait pas quand je suis entrée dans la chambre.

— Tu te rends compte ? Philippe a travaillé presque tous les jours, pendant trente ans.

— Il doit avoir une belle vie.

Il a éteint la lumière.

— Pourquoi t'éteins maintenant que j'arrive ? je lui ai demandé dans le noir.

— Parce que maintenant c'est l'heure de dormir. Demain je me lève tôt. Je dépose ta fille au jardin d'enfants, j'emmène Raoul à l'école.

Je me suis tournée dans l'autre sens. Valait mieux passer au lendemain sans plus attendre.

Cet Alphonse, il a quand même une aptitude à la tremblote… Il en deviendrait presque agaçant… j'ai pensé en prenant l'escalier.

M'iront très bien, ces chiottes, aussi.

Tirer la chasse du premier ou du rez-de-chaussée, franchement…

Ça faisait deux heures que Gundrund et moi soupirions et cogitions dans son bureau, quand j'ai décidé de faire une pause.

« T'es sûre qu'il faut enlever le flingue ? » J'essayais de la faire changer d'avis. « Sans arme… J'ai peur que… » Je ne finissais pas ma phrase tant j'étais abattue. « On n'y arrivera jamais. Comment veux-tu qu'une fille seule tienne trois types en joue sans arme ? »

J'étais découragée.

De temps en temps, Gundrund sautait de sa chaise, elle venait d'avoir une idée : le visage illuminé, elle tentait de me convaincre, de me remotiver.

— Pourquoi la fille n'attraperait pas un verre sur la table pour faire peur aux trois types dans le restaurant ?

Bras en l'air, yeux exorbités, Gundrund mimait les scènes. Elle grognait, remontait ses épaules pour accentuer sa carrure, avançait la mâchoire.

C'est vrai que ça foutait les jetons.

Elle reculait comme Rambo avec sa mitrailleuse. J'avais beau tenter de rester ouverte à toute proposition, c'était quand même un verre à pied, une fourchette, une petite cuillère qu'elle imaginait à la place d'un flingue.

— Une nana seule, face à trois costauds, tu crois qu'elle peut s'en sortir avec ça ?

Même si Gundrund y mettait beaucoup d'ardeur, ça ne marcherait pas...

— Ils vont lui mettre une claque direct. La pauvre va reposer ses couverts aussi rapidement qu'elle les a soulevés.

Je secouais la tête. Je voulais bien faire preuve de bonne volonté, mais là... Je perdais espoir, dans le bureau.

— On va trouver, ma chérie, faut pas baisser les bras !

Malgré les difficultés que nous rencontrions, Gundrund restait optimiste.

Tous les changements exigés par Blaise n'étaient rien à côté du dernier :

« Suffit les flingues, Blaise avait dit à sa sœur, la

veille. On en a déjà quatre dans l'autre film. J'en veux pas un de plus. Les *Prettys*, c'est sans flingue. »

— Voilà, ma chérie, c'est sans appel, m'a dit Gundrund.

— On met quoi à la place ?

Tout y est passé.

— Le couteau à bifteck !

Comme dans les films d'horreur, où l'agresseur ne peut plus s'arrêter de planter sa lame dans le corps de la victime, Gundrund brandissait un couteau imaginaire dans son poing.

— Devant trois types… Même un couteau à bifteck…

— Le tire-bouchon ! Si tu prends un coup de tire-bouchon, ça peut faire mal !

Elle montrait sa main, transpercée par la pointe entortillée. « Aïe ! » Elle souffrait horriblement.

— Oh, non…

— La carte du menu, si elle est plastifiée ? Avec du plastique, on peut griffer !

Elle s'était bien coupée avec une feuille de papier, une fois.

J'étais fascinée par son énergie, son enthousiasme, quand, je l'avoue à peine, j'abdiquais.

— Un coup de cruche sur la tête, ça doit faire mal !

Quand elle est passée à la bouteille de vin, à l'assiette, je me suis levée.

— Je reviens, je lui ai dit avant de sortir de son bureau.

Le long corps m'a suivie dans le couloir. Il m'a interceptée alors que je m'apprêtais à ouvrir la porte des toilettes du premier étage.

— Faut aller au rez-de-chaussée.

Il était au bord de l'apoplexie, d'avoir à me dire ça.

Il m'a désigné l'affichette sur le panneau de bois, « Réservé à la direction » en lettres capitales, souligné deux fois, trois points d'exclamation.

Bon, ben voilà. Si en plus c'est écrit… Je n'avais pas prêté attention, j'ai failli me tromper de chiottes, ce n'était pas la mort du petit cheval blanc. Il n'y avait pas besoin de se mettre à pleurer pour si peu. Ce garçon a quand même le culte de la victimisation chevillé au corps. Tu m'étonnes que Gundrund le secoue sans arrêt.

Je ne l'ai pas suivi quand il s'est précipité pour m'escorter jusqu'à l'ascenseur.

Plus rapide à pied.

Et puis, la dernière fois, j'avais oublié d'appuyer sur le numéro 1 quand je suis sortie. Là aussi, il y a une affichette à l'intérieur : « L'ascenseur doit SYSTÉMATIQUEMENT être renvoyé au 1er. » Blaise déteste attendre quand il doit monter ou descendre.

J'ai vérifié sur cette nouvelle porte : « Toilettes », rien d'autre.

Parfait.

Comme dans les fast-food, j'ai pris une giclette désodorisante au moment où j'entrais. Ça, par contre, il ne me l'a pas dit, le saule pleureur ! Je déteste me faire parfumer à l'essence de cabinet. Les rares fois où je suis allée manger de la viande sucrée, de la salade en plastique, de l'huile aux frites pour faire plaisir à mes enfants, au moment d'entrer pour se laver les mains, on s'est tous baissés.

Qu'est-ce qu'il se passe ?

J'ai sursauté.

Une engueulade a éclaté pile au moment où je me suis présentée devant la cuvette. Les éclats de voix me parvenaient depuis l'étage au-dessus. Ils étaient saisissants.

Ça hurlait au premier. C'était Blaise ? Je reconnaissais à peine sa voix.

J'ignorais contre qui les insultes pleuvaient, mais j'étais contente de ne pas être à sa place.

J'ai eu un peu d'appréhension au moment de sortir des toilettes.

Crainte justifiée, je suis tombée sur Gundrund au bord des larmes dans le hall du rez-de-chaussée.

— Qu'est-ce qu'il y a ?

J'ai tenté de la rattraper alors qu'elle fuyait dans le jardin.

Elle m'a fait signe que non, elle ne voulait pas que je l'aide. Elle ne voulait pas que je la suive.

Elle est partie se moucher au fond du jardin.

Ben, Gundrund ? Qu'est-ce qu'il lui arrivait ? Elle allait très bien, il y avait à peine deux minutes.

Elle s'était disputée avec Blaise ? Elle avait remis le flingue dans le scénario ?

Je n'ai pas eu le temps de demander quoi que ce soit ni à Blaise ni à Alphonse, quand les portes de l'ascenseur les ont libérés devant moi.

— Qui t'a demandé de venir ici ?

Blaise m'a foncé dessus. Son souffle était encore agité, son visage tendu, sa voix forte.

— …

Le problème, c'était les chiottes.

Si Blaise avait hurlé sur sa sœur, c'était parce qu'elle avait oublié de prévenir le maigrichon. « Réservé à la direction », sauf à Sybille.

C'était pourtant son travail, de parler aux employés. Depuis quand elle ne transmettait plus les instructions ? C'était une des premières qu'il avait données dès lors que j'avais signé mon contrat. « Sybille pisse où elle veut. »

— Franchement, ce n'est pas un problème pour moi.

J'ai tenté de dédramatiser la situation.

Après un mouchage sonore, Gundrund s'est retournée.

Comme Blaise avait foncé sur moi, elle a foncé sur le maigrichon.

— Faut tout vous dire deux fois ! elle lui a beuglé

au visage. Si vous n'écoutez pas quand on vous parle, comment pouvez-vous être efficace ?

Comme pour les poupées russes. Du plus gros au plus petit. Chacun, suivant son envergure, hurlait sur celui du dessous. Sur qui hurlait Alphonse ?

— Alors ?

Blaise s'impatientait. Est-ce que, oui ou merde, Alphonse avait été mis au courant que Sybille « va où elle veut » ?

L'affaire des chiottes a duré.

C'est Gundrund qui a débloqué la situation.

— Faut qu'on retourne bosser, ma chérie.

— Elle te rejoint.

Blaise lui a montré par où c'était, le chemin.

— T'oublies pas ce que je t'ai dit ?

Il a mis ses doigts en position revolver, il lui a tiré dessus.

— Non ! je n'oublie pas !

Elle lui a mal répondu pour qu'il comprenne. Elle en avait ras le bol qu'il la prenne pour une dinde. Elle savait ce qu'il fallait faire ! Elle le faisait ! Et bien !

Elle a tapé des pieds en remontant dans son bureau.

Je ne savais pas si je devais la suivre, rester dans le jardin, parler ou bien me taire.

Blaise a tiré une chaise pour que je m'assoie, une autre pour lui. Il a croisé ses bras derrière sa nuque.

Il a respiré un grand coup. Il a relâché ses bras. « Pfouuu ! »

Il déteste ça, s'énerver. Il en était bouleversé. Il m'a jeté un coup d'œil triste. Tu vois un peu dans quel état je dois me mettre ? Il a passé sa main sur son visage.

— Tu veux fumer ?

Lui qui déteste l'idée de la cigarette me proposait d'en allumer une dans le jardin.

— Merci, ça va.

C'est rare, mais je n'avais pas envie de fumer. J'avais envie qu'il change d'avis sur le flingue. J'avais envie qu'il me dise : « Je te fais confiance pour les corrections, rentre chez toi, voilà le code d'accès au scénar, remets le flingue si tu ne peux pas faire autrement. »

— Alphonse, cendrier, il a demandé sans élever la voix.

Le maigrichon a relevé la tête, il est parti au pas de course.

J'ai fouillé ma poche, j'ai sorti mes cigarettes, mon briquet. Blaise me dévisageait en silence alors que la flamme cramait le tabac.

Je n'ai fait aucune remarque sur le panneau « Interdiction de fumer, y compris à l'extérieur », affiché au mur derrière lui.

Ça lui faisait plaisir que je fume, alors j'ai fumé.

Il me regardait avec insistance. Je ne savais pas si c'était bon signe. Je ne l'avais jamais vu regarder personne plus de quatre secondes. Qu'est-ce qu'il y a ? j'ai failli demander.

Ça se trouve, il allait m'engueuler moi aussi.

« Pourquoi tu obéis à tout le monde, pauvre conne ? Si tu fous en l'air toutes les règles, comment tu veux que je m'en sorte ? »

J'ai eu peur de me faire avoiner à mon tour.

— Je vais te payer des vacances à toi aussi. Une semaine, ça ne te fera pas de mal.

D'un coup de menton, il a montré la fenêtre de sa sœur. À elle aussi, il en payait.

— Tu manges ?

Il s'est inquiété pour moi.

— Euh… oui.

J'ignore si j'ai souri parce que j'avais honte de lui faire pitié, je me sentais comme la Petite Fille aux allumettes, ou si j'ai souri parce que sa générosité, sa bienveillance me touchaient.

Il a passé sa main sur mon épaule. C'est vrai que je me suis sentie fluette, d'un coup.

…

Je n'étais pas à l'aise face à Blaise.

Qu'est-ce que je pourrais bien lui dire ? Rien ne me venait. Depuis que nous nous étions rencontrés, nous n'avions jamais discuté. Je ne le connaissais pas. Depuis des semaines, je le croisais tous les jours et je ne savais pas qui était Blaise.

…

Je regardai son visage. J'y découvrais un grain de

beauté au coin de la tempe. Sa bouche était d'un rose délicat. Moi non plus, je ne posais jamais mes yeux sur lui, je me rendais compte.

...

— T'es contente avec ta copine ?

Il a encore montré la fenêtre de sa sœur.

— Oui.

Il a souri. C'était ça, le plus important : que sa sœur et moi soyons contentes. Il payait des vacances à l'une, il en paierait à l'autre.

— Si vous avez des soucis, vous me dites.

Blaise n'était là que pour nous aider à concrétiser ce que nous entreprenions. Si on s'amusait, alors, lui, ça lui allait. Je n'en revenais pas.

...

— Pour le flingue... t'es sûr qu'on ne peut pas le garder ?

C'est sorti d'un coup.

Il est resté immobile encore quelques secondes. J'ai craint d'avoir dépassé les bornes.

— Tu fais comme tu veux.

Hallucinant, mais c'est ça qu'il a répondu.

Ben merde alors ? Elle déconne, Gundrund, ou quoi ? Ça faisait trois plombes qu'on se torturait les méninges. Suffisait de poser la question à son frère !

Ils travaillaient ensemble. Ils habitaient ensemble ! Pourquoi ne discutait-elle pas avec lui ? C'était quoi, ces relations entre frère et sœur ?

Je ne pouvais plus détacher mes yeux du visage de Blaise. Comme si derrière cette peau toujours bronzée, j'allais percer un mystère. Qui était-il ? Un Ivan le Terrible ? Un ours au cœur tendre.

— Je serais bien resté encore un peu, mais j'ai du travail.

Il s'est levé.

— Tu peux fumer si tu veux.

Il a soulevé sa main, a décrit un cercle pour me montrer : tu fais ce que tu veux, toi, ici.

— Merci.

Je me suis levée.

J'ai failli me rasseoir. Ça aussi, c'était bizarre. Je ne m'étais jamais retrouvée debout face à Blaise. J'étais encore plus gênée.

— Ça va chez toi ? Il est gentil avec toi, ton mec ?

Sans attendre ma réponse, il a passé son doigt sur ma joue.

— Si t'as un problème, tu me dis.

Il est allé prendre l'ascenseur.

J'étais abasourdie en rejoignant Gundrund.

Jamais je n'aurais imaginé autant de sensibilité chez lui. Il est classe quand même. Non, franchement, il est… Le moment que je venais de vivre était…

— Gundrund ! On garde le flingue !!!!!! j'ai hurlé en entrant dans son bureau.

— Ah bon ?

Elle s'est tournée vers moi, m'a regardée comme si je venais de lui annoncer qu'il y avait des pigeons place Saint-Marc.

— Blaise a dit oui ! Pour le flingue, c'est OUI ! Je viens de lui demander ! Il a dit d'accord !

J'imaginais qu'elle allait me sauter dans les bras ! « Bravo ma chérie ! Youpi ! t'es une championne ! »

— Alphonse ! Sandwichs ! elle a hurlé avant de se tourner vers son ordinateur

Le sentiment du travail bien fait.

J'étirais mes bras, dans le salon, je faisais rouler mes épaules, pendant qu'Adrien faisait cuire du riz. Toutes ces journées enfermée, voûtée sur mon clavier, ça m'avait abîmé tout le dos. Ouf !

Cette fois, j'ai bien pensé ne jamais y arriver.

— C'est fou, Adrien, je ne m'étais pas rendu compte : j'étais super-tendue, en fait.

— Ah oui ?

Il faisait l'étonné depuis la cuisine. Même s'il n'avait plus moufté, « merci », il en avait bien supporté, lui aussi.

« T'as huit jours de vacances, toi aussi, ma chérie. Bravo ! Blaise t'adore » : Gundrund m'a envoyé un message dès qu'elle a atterri au Mexique.

— Elle a raison, Adrien ! Je suis presque en vacances, moi aussi !

Je me voyais déjà, bras en croix, allongée sur le tapis, tous les soirs.

— Moi aussi.

Même s'il se lèverait tous les matins pour aller bosser, c'était déjà du repos de ne plus me voir, vissée à mon ordi, obsédée toujours par les deux mêmes personnes, « pendue au téléphone », avec un seul sujet de conversation.

— T'es con.

On a rigolé tous les soirs, avec Adrien.

« Repose-toi pretty girl, tu vas en avoir besoin » : j'ai reçu un nouveau texto un peu plus tard.

J'ai enfin pu voir ma sœur :

— Alors ? Comment ça se passe avec tes dictateurs ?

Ça la préoccupait toujours, cette « alliance ».

— Arrête un peu, ils ne sont pas si affreux. Je les trouve même gentils.

Elle a soulevé un sourcil. « Eh ben »... Elle préférait ne pas en savoir davantage. Si je m'entendais bien avec « ces gens », c'est peut-être que je n'étais pas tout à fait claire non plus.

Elle a secoué la tête comme Arlette Laguiller quand elle entendait les patrons d'entreprise se plaindre des montants trop élevés versés aux salariés.

— C'est fou, j'ai fait la réflexion à Adrien en rentrant. Comment deux sœurs, à peine deux ans d'écart, éduquées par la même mère divorcée, italienne, immigrée à l'adolescence, peuvent-elles avoir des idées si différentes ?

— Fou.

Est-ce que ma sœur se rendait compte que notre mère, restée dans le petit appartement de notre enfance à la Croix-Rousse, quartier modeste de Lyon dans les années quatre-vingt, habitait maintenant un quartier bobo ?

Tout changeait, sauf ma sœur.

Faudra que j'aie une sérieuse discussion avec elle, un de ces quatre.

— T'emmènes Raoul chez le médecin ?

— Bien sûr.

— Tu pourras racheter des steaks hachés ?

— Aucun problème.

J'ai emmené Stella au parc tous les jours.

Même si elle réclamait son père à cor et à cri, « pas toi ! », j'ai réussi à la coucher tous les soirs. J'ai joué au jeu des mimes-métiers avec Raoul. « Ben, t'es nulle à ce jeu. » Son professeur de théâtre à l'école était « hyper-bon ». Je lui ai lu plein d'histoires. Adrien était vachement plus cool.

— Oh là là, regarde, Adrien, la plage où ils sont ! Ça a l'air bien !

Je venais de recevoir une photo d'Acapulco sur mon téléphone. Une longue plage de sable blanc plantée de cocotiers. Des eaux translucides. « Vue de notre chambre », était-il écrit en dessous de la photo.

J'ai lu trois scénars.

— Salut tout le monde ! j'ai salué en entrant à l'agence. J'ai rendez-vous avec Jack !

— Alors Pépette ? Comment ça avance avec nos amis ? Ça y est ? Ils ont ce qu'il faut ?

— Avec moi, ils sont en or.

— Ben dis donc, on va pouvoir t'appeler Midas !

Il a rigolé tellement c'était peu crédible. Si même eux, à mon contact, se transformaient en matière précieuse, alors… il était ravi de « représenter une légende ».

— Dis donc, c'est pas gégène *Les Kings de la guinguette.*

J'ai préféré changer de sujet avant qu'il ne se mette à déblatérer.

— Nul, il m'a répondu.

Ben alors ? Pourquoi il m'a demandé de le lire ? C'était bien la peine de se moquer des autres si c'était pour me refiler des projets foireux.

— Je préfère que tu juges sur pièce. C'est à toi de décider.

Personne n'avait la science infuse et Jack n'avait pas la prétention de savoir mieux que les autres.

— Tu te rends compte, Adrien, comme c'est dur ? Certains agents ne filent pas les scénarios aux acteurs. Du coup, il y en a plein qui loupent des super-films. Si l'agent estime le script mauvais, c'est poubelle direct, ou acteur de troisième catégorie. Du coup, il y a des acteurs qui ne reçoivent que ce que les première et deuxième catégories ne veulent pas faire. Les « ramasses-miettes ». Ceux qui ne tournent que des chefs-d'œuvre se moquent de ceux qui tournent des navets. Ben dis donc, faut être sûr de son jugement…

— Oui, enfin, c'est quand même des gens qui travaillent.

Adrien méprise complètement la vocation, la passion du jeu. « Pffff ». Pas la peine d'aller sur ce terrain, on allait s'engueuler.

Non, Jack n'a jamais eu ce genre d'attitude, il n'aime pas les cloisonnements. Il envoie tout, à toutes les catégories. Un « talent », même s'il se « vautre », reste un « talent ». Un tocard dans un bon film, ça fait illusion deux secondes, « ça se pavane en Berlutti, en Chopard », c'est quand même aux oubliettes que ça finit. Ça ne tient jamais bien longtemps. « Des étoiles filantes, effets de mode. » Et ça, Jack, il n'aime pas ceux qui misent sur l'éphémère.

Bon, après, il y a bien des cas inexplicables… Les « exceptions ».

Il n'en revient toujours pas de cet acteur au physique de héron cendré, ni beau, ni émouvant, même pas drôle, qui n'apprend jamais son texte, se comporte comme s'il avait deux Oscar, trois prix d'interprétation, un contrat chez Paco Rabanne, nul, mais qui remplit pourtant les salles depuis vingt-cinq ans. Jamais rien fait d'intéressant. Il a commencé dans des « bouses », même les aveugles trouvaient ça laid, les sourds se bouchaient les oreilles tant les dialogues étaient atroces. Eh ben, il est toujours là « à nous polluer l'espace ». Il a sûrement quelque chose que mon agent ne voit pas… Jack peut se tromper, la preuve.

Il envoie tout à tous ses acteurs, il donne son avis après.

— T'as lu quoi d'autre ?

— Celui de Sandrine Caron, j'aime beaucoup, mais il se tourne juste avant le mien…

— Tant qu'on n'a pas de date, on s'inscrit !

Son assistante appellera la production demain. « Sybille aime beaucoup votre projet, quelle date proposez-vous pour une rencontre ? »

— Celui de Pascal… *À fond la société,* j'adore. Celui-ci, je veux vraiment le faire.

— Laisse tomber, il en a choisi une autre.

Ça arrive parfois. Les réalisateurs « en sélection officielle » choisissent quelqu'un, puis ils changent d'avis.

— Bon…

— Et celui d'Anna Aubrey, tu l'as lu ? Attention, Pépette, toutes les mortes de faim attendent derrière.

— Les « mortes de faim », tu sais ce que c'est, Adrien ?

— Elles sont malheureusement nombreuses en Angola, au Bangladesh, en Éthiopie, au Mozambique, en Somalie… Le rapport cosigné par l'Ifpri, « Concern Worldwilde et Welthungerhilfe », identifie vingt-six pays fortement touchés par la faim.

Rien à voir avec la choucroute. Adrien n'y était pas du tout.

C'est les actrices de première et deuxième catégories « en perte de vitesse », il était bien loin du compte !

C'est comme ça qu'on appelle celles qu'on ne voit plus, mais avec lesquelles il faut pourtant compter, parce qu'il suffit d'un film, et c'est reparti comme en 40 ! Les « mortes de faim », faut pas trop les négliger. Surtout si elles sont bonnes. Quand elles reviennent, c'est encore plus fortes qu'avant. T'en as pour dix ans à te retrouver derrière elles sur toutes les photos. Les « repues » en ont marre des « mortes de faim » qui leur passent devant à chaque cérémonie. Pour les hommes, on dit les « sortis de leur placard ».

— Ah…

Il s'est relevé du fauteuil. Des « mortes de faim » qui mangent… Ça ne l'a plus intéressé.

Jack insistait.

— Je peux te dire, elles vont pas tortiller cent sept ans, quand ça va arriver dans leur boîte à lettres.

Depuis notre dernier rendez-vous, Jack tenait à m'inscrire sur les feuilles de rendez-vous de tous les réalisateurs susceptibles de m'engager.

Que ce soit les « kings », Sandrine Caron ou autre… il voulait m'inscrire. Et même si celui d'Anna Aubrey ne cadrait pas avec mon agenda, il voulait que je lise le scénario.

— Celui-ci se tourne carrément en même temps que le mien ! Alors c'est peut-être formidable, elle est sûrement géniale, t'as peut-être peur que je crève bientôt la dalle, mais je ne peux pas tourner dedans.

— Tant qu'on n'a pas de date…

J'entendais parfaitement ce qu'il ne disait pas : « Je ne crois pas du tout à tes trois poufiasses, encore moins à Pipo et Pipolette. Laisse tomber, tu ne feras jamais ton film. »

Il a noté dans son carnet : « Sybille s'excuse, elle va lire bientôt. Quand pour le rendez-vous ? »

— On en a, des dates.

Je préférais ignorer ses insinuations.

— Tant qu'on n'a pas de sous.

— On va en avoir !

J'ai pris un ton ferme. Ras le bol de toutes ces médisances, suspicions et moqueries. S'ils sont si incompétents, si malades que ça, pourquoi les gens continuent-ils à travailler avec eux ?

Il a haussé les épaules. Lui non plus ne savait pas.

— …

— En parlant de sous… Tu pourrais leur demander de me faire une avance ? Je suis un peu à court.

J'avais honte de faire la manche, mais, depuis cinq mois, je commençais à tirer la ficelle.

Jack m'a regardée. Qu'est-ce que j'allais faire dans cette galère… Il a soupiré :

— OK, je vais demander.

— Merci.

— Fais-moi plaisir, rencontre Sandrine, rencontre Anna.

J'ai téléphoné à ma mère.

— Pardon maman, j'avais pas le temps. Tu vas bien ?

Adrien et moi avons passé nos soirées à discuter.

— Tu veux un verre de vin ?

— Oui.

— Je m'en occupe.

Il a tout préparé pendant que je faisais mon stretching.

« Coucher de soleil. 29°. »

— Oh là là, Adrien ! Même le soir, ils ont 29 !

J'ai repris mon rôle de mère.

— Tu viens avec nous à la piscine dimanche, maman ?

La petite voix de Raoul assis sur les toilettes, porte ouverte, me parvenait très clairement dans la cuisine.

— Oui, chaton.

— Youpi ! T'entends, Cocotte-minus ?

Il s'adressait à sa sœur, assise sur le pot à coté de lui.

— Maman vient avec nous à la piscine !

Je n'étais pas fière de constater : mon petit garçon avait posé la question par pure formalité. Il s'attendait, comme souvent, à une réponse négative.

J'ai fait le dauphin pour Stella, le poids mort au fond du bassin pour Raoul.

« Baisers du jardin derrière ma chambre » : j'ai reçu un message dans le vestiaire, pendant que je rhabillais ma fille.

J'ai rencontré Sandrine Caron pour son quatrième long-métrage. Elle s'est étonnée :

— Ah bon, tu tournes ton film ? J'étais pas au courant… T'es sûre que ça se fait ?

— Oui.

— Bon…

Sandrine avait besoin d'une actrice très investie. Son esprit devait être entièrement libre.

Ce n'était pas mon cas :

— Désolée de t'avoir fait perdre ton temps. Mon histoire occupe toutes mes pensées.

— Bonne chance à toi.

— À toi aussi.

J'ai rencontré Anna Aubrey.

— Bonjour, j'ai rendez-vous avec Anna, j'ai dit au jeune homme qui mastiquait son chewing-gum dans le local au rez-de-chaussée de l'immeuble délabré, en bordure du périphérique.

Les murs décrépis, les fenêtres à barreaux, éclairage aux néons… Brrrr. Anna et moi ne sommes pas logées à la même enseigne. J'étais médusée devant la vétusté du lieu.

Un petit réfrigérateur dans l'entrée. Un pot de cornichons sur la table, à côté. Une cafetière dans laquelle un jus noir semblait cuire depuis des heures.

— C'est au fond du couloir à gauche.

Le jeune homme a remonté son froc. Malgré la ceinture, le jeans laissait apercevoir son caleçon bleu.

— Merci.

J'ai emprunté le long couloir. Dégueulasse. Les murs jaunis, les portes des différents bureaux étaient couvertes de vieux autocollants. Le sol en dalles de linoléum beige était vomitif. Des affiches de films avaient beau être collées un peu partout, ça ressemblait plus à un squat qu'à une boîte de production. J'ai frappé à la porte indiquée par le type au calbute bleu.

« Je me demande bien à quoi ça sert de venir… » J'allais lui faire perdre son temps à elle aussi…

— Yes !

J'ai compris, ça voulait dire « entrez ».

— Sybille ! Enfin te voilà !

Anna Aubrey s'est levée, elle a fait le tour du poteau au milieu de la minuscule pièce, pour m'embrasser. Je me suis assise sur la chaise au rembourrage éventré.

— T'as pas encore lu, Jack m'a dit.

Anna Aubrey a rejoint son siège, dans un état aussi déplorable que le mien.

— Tu vas kiffer.

Elle a allumé une cigarette.

— Tu veux un café ? Un verre d'eau ?

Elle va fumer, là ? Je n'en revenais pas. Sur la table, des paquets de biscuits, des fruits secs. Vu l'état de la cafetière, j'ai préféré le verre d'eau.

— Samy !

Elle a penché la tête en direction de la porte restée ouverte.

— Tu peux nous apporter un verre d'eau steuplaît, chouchou ?

— Yo !

Elle a remonté un pied nu sous ses fesses, a attrapé un crayon à papier. Elle a remonté ses longs cheveux en chignon, le crayon servait de barrette. Elle a plongé sa main dans le paquet de raisins secs, en a avalé une poignée.

— T'en veux ?

J'ai plongé la main à mon tour, j'en ai avalé une poignée. « Je ne vais pas le lire, ça ne sert à rien », il faut que je lui dise, maintenant.

— Ça me fait trop plaisir de te rencontrer.

Elle m'a offert un immense sourire.

Je vais lui dire demain. Je vais demander à Jack de l'annoncer pour moi. Après tout, si je suis là…

— Avec mes deux coscénaristes, on n'a pas arrêté de bosser !

Elle a vérifié que le crayon tenait bien dans sa chevelure, a tiré une longue bouffée en plissant un œil.

Quoi ? Elles s'y sont mises à trois pour écrire une histoire ? Elle recrachait la fumée en relevant la tête, faisait tomber ses cendres dans la tasse, devant elle.

Tu m'étonnes qu'elle a l'air en forme... Une pour taper le texte, l'autre les dialogues, et la troisième ? C'est pour les numéros de pages ? Elle pouvait se les tourner.

— Verre d'eau.

Samy a déposé un verre de cantine, rongé par le calcaire, devant moi.

— Merci.

— Dis, chouchou, il est dans la place, Roro ?

Chouchou a haussé les épaules, il ne savait pas si Roro y était.

— Va toquer, tu lui dis que Sybille est là.

Il a remonté son froc, il est allé toquer.

— Pour les dates, on va s'arranger. Tu veux tourner ton film, c'est ça ?

Ben alors ? Si elle et moi étions au courant de la situation ?

— On va s'arranger ! Les films, parfois, ça se décale. Si c'est dans six mois, c'est dans six mois, non ? Il n'y a pas de problèmes, seulement des solutions.

Elle pouvait commencer quand elle voulait ?

— Puis, tu sais, j'ai besoin de toi seulement cinq jours. On peut tourner le week-end, si ça t'arrange pendant ton montage. Tu ne vas quand même pas y aller tous les jours !

— Salut Sybille !

La voix ensoleillée de « Roro » a annoncé son entrée dans la pièce déjà trop petite pour deux.

Pas besoin de me déplacer, j'étais déjà collée à lui quand je me suis levée.

— Bonjour.

J'ai d'abord tendu la main au nouvel arrivant.

Une bise sur chaque joue. Il a fait le tour du poteau, est allé s'asseoir sur le coin de la table, à côté d'Anna.

Je ne m'attendais pas à voir un garçon comme lui. La petite quarantaine, il portait un jeans, un tee-shirt et des baskets. À quoi ressemblait son associé ? Il avait l'air d'un chanteur de pop anglaise avec sa ceinture cloutée.

— Je peux t'en taper une ?

— Oui, mon chou.

Il s'est emparé du paquet de cigarettes à coté de la tasse-cendrier.

Roro n'a pas eu besoin de se lever pour ouvrir la fenêtre.

— T'es relou, ça gèle !

Anna a passé un chandail alors qu'il grattait une allumette. Depuis quand se connaissaient-ils ? Leur complicité était évidente.

— Dis, ça va, ton film ? Paraît que t'écris toute seule ?

Il a secoué ses boucles brunes, poussé un peu le bloc-notes sous une fesse.

Lui aussi allait me dire : « Laisse tomber, tu ne va pas faire ton film. Tout le monde est au courant sauf toi. »

— Oui, j'écris toute seule.

— T'es balaise !

Ses yeux étaient pleins d'admiration. Ça m'a fait super-plaisir.

Malgré la fenêtre entrebâillée, la fumée qu'il soufflait venait épaissir le nuage qui s'était formé dans la petite pièce.

— Pour les dates, on va se débrouiller. C'est jamais un problème les dates. Suffit que je m'arrange avec ta prod. C'est qui ?

J'ai répondu.

— …

Je m'y attendais : il y a eu un blanc. Il a regardé Anna. Il a tiré sur la cigarette. Il n'a plus rien dit pendant quelques secondes.

— Je peux m'en allumer une, moi aussi ?

— Bien sûr.

Il m'a passé ses allumettes.

— T'es un warrior, toi !

Il s'est remis à parler. J'ai haussé les épaules, j'ai souri, ça l'a fait marrer.

Après tout, ce n'était que du calcaire sur le verre. J'ai bu l'eau.

— On t'aurait bien présenté Polo, mais il est en rendez-vous toute la journée.

— Si on allait manger un morceau ?

Roro a proposé un déjeuner improvisé. C'était comme ça, ici. On s'entendait bien, on riait, on bouffait… La vie, quoi…

— D'acc…

J'ai été coupée par mon téléphone qui a vibré : « URGENT, écoute ton répondeur. CHANGE D'AGENT ! Appelle-moi ! »

— En fait, je vais y aller. Je... on se tient au courant ? Faut que...

Je ne suis pas allée manger un morceau. J'ai quitté les complices, le bureau enfumé, les murs dégueulasses, la bordure du périphérique.

La voix stridente de Gundrund a résonné dans mon oreille.

— Qu'est-ce que c'est que cette histoire ? Il paraît que t'es allée voir Sandrine Caron, Anna Aubrey ?

Un réflexe, j'ai levé la tête. Il y avait des caméras braquées sur moi ? Comment, depuis l'autre bout du monde, elle savait ça ?

— J'ai refusé le film de Sandrine. Je n'ai pas lu le scénario d'Anna.

Pourquoi était-elle si mécontente ? Tant que je ne mettais pas mon film en danger, qu'est-ce que ça pouvait bien lui faire ?

— Mais tu n'avais pas à voir ces filles ! Faut vraiment que tu changes d'agent ! Il te conseille mal. Il ne croit pas en toi ou quoi ? D'ailleurs je vais l'appeler ! Il aurait pu me le dire lui-même !

Pourquoi voulait-elle que Jack l'appelle pour lui raconter ça ? Il n'allait pas la tenir au courant de tous mes faits et gestes.

— Faut que tu changes d'agent ! Quand je rentre,

tu vas chez ma copine ! Là, tu cours à la catastrophe, ma chérie ! Bon, on en reparle à mon retour.

Elle a changé de ton d'un coup :

— Au revoir ma chérie !

Elle a presque chanté cette dernière phrase.

Elle a raccroché, son cours d'aquagym commençait.

« Homard au lait de coco ». Je ne vais pas montrer cette nouvelle photo à Adrien. J'ai bien vu, hier, les dernières images du pédalo sur le lagon, celle de la case-massage et celle des transats sous les parasols, ça l'a gonflé.

Il a roulé des yeux. « Ils n'ont pas d'autre ami ? Que toi ? » Ça commençait à l'agacer, le « roman-feuilleton » des vacances de Gundrund et Blaise. Il a ouvert un livre d'Alvin E. Roth et Lloyd Shapley, prix Nobel d'économie.

Avant, on avait les soirées « parlotte », maintenant on avait le carnet de voyage en direct.

Adrien trouvait que, même absents, ils se démerdaient encore pour atterrir dans le salon chaque soir. « Ils n'ont qu'à faire une séance diapos à leur retour. »

Il trouvait incroyable que je m'extasie sur leur salade de mangue-papaye.

« Hâte de rentrer, tu nous manques. » Ça non plus, je ne l'ai pas montré à Adrien.

— On dîne où alors ce soir ? C'est quoi, tes adresses ? Vous allez où entre copines, les actrices ?

Tout juste rentrée d'Acapulco, Gundrund n'a pas eu le temps de réserver le restaurant.

— Ben… Ça dépend…

— Tu sais qu'on est emmerdés pour ton film, elle lâche en attrapant une lettre dans la pile de courrier sur son bureau. On n'a pas une chaîne ! Ah là là…

Elle secoue la tête…

— On a encore eu un refus ce matin, juste avant que t'arrives. Là, il y a à peine cinq minutes. Ah, on peut dire que t'as du pif, ma vieille !

Elle ouvre l'enveloppe en soupirant.

— La bonne femme que t'aimais bien, notre premier rendez-vous, elle est tellement gentille qu'elle ne veut pas faire ton film. Je te jure… Ça fait plaisir de rentrer…

La lettre qu'elle tient n'est pas intéressante. Elle la laisse tomber dans la corbeille au pied de sa table.

— Elle a dit non ?

Je ne me démonte pas, pour une fois. Elle a dit non pourquoi ? Je veux savoir ce que je sais, mais ne sais pas, depuis des jours.

— Et puis alors, j'ai bien compris qu'il ne fallait pas que j'y retourne !

Elle ouvre une autre lettre.

— Après toutes les versions que je lui ai envoyées !

Elle fronce les sourcils sur les quelques lignes qu'elle parcourt rapidement. Cette lettre-ci sera traitée plus tard. Elle la plaque sur le côté gauche, de l'autre côté du tas invitations.

— Tu lui as envoyé toutes les versions ?

Chaque fois que j'ai retravaillé le début, le milieu et la fin du scénario, c'était pour qu'elle puisse l'envoyer à la dame pleine de pognon ? C'est pas vrai ? Je manque de tomber de ma chaise.

— Ben oui ! On bosse de notre côté, faut pas croire ! Alphonse !

Le long corps apparaît.

— On lui a envoyé combien de versions à la folle ?

Le long corps vérifie sur sa fiche :

— Trois.

— Et à mon copain qui avait tellement envie de lire ?

Il cherche :

— Trois.

— Et à ma copine qui nous finance toujours tout ?

Pourtant, elle, quand on lui a annoncé le casting et ton nom à la réalisation, elle était hystérique. Elle voulait absolument lire. Faut vraiment qu'elle n'aime pas, pour qu'elle renonce.

Ça l'épate carrément, ce refus, Gundrund.

— Alors, combien de versions ?

— Quatre, dit Alphonse.

Alphonse est en train d'annoncer une horreur. Chaque fois que j'ai retravaillé le scénario, c'était pour l'envoyer à tous les financiers. Tous ont suivi absolument toutes mes pérégrinations.

La honte. Ça ne se fait pas, normalement. Les chaînes, les financiers ne lisent qu'une seule fois, tout le monde sait ça dans le cinéma. C'est une règle d'or. Chaque film a une chance et une seule. Vu le nombre à traiter, il ne peut pas en être autrement. Une deuxième lecture peut être accordée exceptionnellement, si ça leur a plu, qu'ils voient des améliorations à apporter… mais c'est rare.

« Ils ont peut-être reçu toutes mes versions, mais ils ne les ont pas lues », je ne dis pas à Gundrund. « Commencent à nous soûler avec leurs *Pretty Girls* », j'imagine très bien le tableau.

— Qu'est-ce que tu veux que je te dise, ma pauvre Sybille… Ils n'en veulent pas, ils n'en veulent pas, elle lâche dans un soupir en attrapant encore une lettre.

Elle jette un coup d'œil, hop, poubelle.

Je suis médusée alors qu'elle relève un visage désespéré :

— Faut vraiment que tu dises à Philippe de nous faire le devis.

Elle ne sait plus comment faire non plus avec mon pote planqué là-haut, qui ne lui rend jamais ce devis dont elle a tant besoin.

— Puis faut que tu parles à tes copines. On peut pas payer ce qu'elles demandent ! Tu te rends compte ? C'est des fortunes. Faut que tu leur expliques : on a personne ! Comment tu veux qu'on paye ça, nous ?

« Poser une question, c'est prendre le risque d'entendre la réponse », disait souvent ma tante quand je l'interrogeais sur des sujets délicats.

— Comment on va faire sans personne ? j'articule à peine, comme si je ne voulais pas qu'elle entende.

— Comme on pourra.

— C'est-à-dire ? je parle plus clairement.

Pour répondre à la question, il faut l'avoir entendue.

Gundrund cesse son activité un instant.

— Je crois que ces trois filles de joie, amoureuses de ce mec, ça ne les intéresse pas. Voilà. J'ai demandé toutes les fiches de lecture…

— Tu les as ? Les fiches de lecture, je peux les voir ? Je veux savoir ce qu'ils en ont pensé. Peut-être que j'y verrai plus clair.

— Ah non ! Je ne te fais pas lire ça ! Avec ce qu'il y a d'écrit là-dedans ! Pour quoi faire ? Te démoraliser ?

— … C'est pour savoir… Ce qu'ils reprochent à mon scénario.

— On s'en fout ! Fais-nous confiance un peu ! ON LE FAIT, TON FILM. Ah là LAAAAAA, je ne sais plus comment te le dire, moi ! Si tu ne veux pas comprendre, qu'est-ce que tu veux que je te dise ?

— Si, si, je comprends.

— Alors, on dîne où ?

D'une brassée, elle récupère toutes les lettres sur son bureau.

— Alphonse, vous me classez tout par date. Sybille, faut vraiment que tu parles à tes actrices. Faut qu'elles baissent leurs tarifs…

Alphonse s'approche, récupère les lettres, qui forment un tas déséquilibré. Il prend soin de n'en laisser échapper aucune en disparaissant de nouveau.

— Tu t'habilles pour le dîner ou on y va décontractées ?

Gundrund s'imagine que je vais débarquer au restaurant, à 20 h 30, en robe de soirée.

— T'as pas un truc trop grand que tu pourrais me prêter ?

Elle attrape les pans de sa veste.

— J'ai plus que ça…

— C'est parfait.

— Ah bon ? Tu trouves ? Tu l'aimes bien ? Oui, elle n'est pas si moche. Et puis regarde, j'ai fait une folie.

Elle lève son pied au-dessus de la table. Des derbys.

— Bon, c'est pas ceux de chez Paul Smith, mais quand même ! Qu'est-ce que c'est cher, les chaussures…

Elle se lamente en rabaissant son pied. Elle me regarde. Elle m'a tout dit. Je peux rester dans son bureau si je veux, mais, là, elle a fait le tour.

— En conclusion ? Je retravaille quand même le scénario ?

— Oui.

— Je change quoi ?

— Faut couper une semaine de tournage. Blaise n'est pas là aujourd'hui, il avait rendez-vous avec un avocat, mais, ce soir, il t'apporte le scénario avec toutes les coupes.

— …

— Et ta liste de techniciens ? Tu l'as finie au moins ?

J'ai fouillé mon sac, j'ai sorti la liste.

— Alphoooonse !

Le long corps a reparu.

— Vous mettez tout ça dans le dossier.

Elle a désigné les feuilles que je tenais à la main.

Gundrund n'a pas regardé un seul des noms avant qu'ils ne disparaissent, emportés par Aphonse. Elle s'est tournée vers son ordinateur, elle a commencé à pianoter.

Je suis sortie du bureau, j'ai pris l'ascenseur jusqu'au cinquième étage. J'ai appuyé sur le numéro 1 en sortant.

Les deux portes se sont ouvertes sur une longue et large pièce vide. Où était Philippe ?

— Je suis là, Sybille.

Tout au fond, sous la mansarde, j'ai aperçu Philippe.

— Vous n'avez pas réservé, Sybille ?

L'hôtesse à l'entrée du restaurant me connaît.

Comme toutes les actrices qui se font teindre les cheveux chez Christophe Robin, je viens dîner régulièrement dans cet établissement. Comme toutes les actrices qui ont un blouson Balenciaga, des sneakers maison Margiela, même si j'arrive en taxi, j'échange parfois quelques mots avec les voituriers avant d'entrer. Comme toutes les fumeuses, je m'installe à la terrasse, dix degrés de plus qu'à l'intérieur, sous les rôtissoires qui servent de chauffage. Comme toutes les actrices qui ont des copines actrices, je ne sais pas si je suis la première ou la dernière, quelle que soit l'heure à laquelle je me présente. Si je ne suis pas « la plus en retard », je commande un verre de Brillette, je textote, ou bien je téléphone en attendant. Je vais aux toilettes sans qu'on m'indique la direction, je salue cet acteur que je ne connais pas. Comme on sait qui est qui, ça se fait.

— Je ne trouve pas votre nom.

L'hôtesse cherchait mon nom dans son cahier de réservations.

— Vous avez rendez-vous avec qui ?

— Marion, Julie, Annabelle…

Elle savait de qui je parlais, elle les connaissait. Nous avons toutes les trois le même blouson, les mêmes pompes, le même coloriste.

— Ça y est. La table Ceausescou ! elle s'est mise à gueuler derrière son pupitre.

Putain, elle n'a jamais ouvert un bouquin d'histoire, celle-ci, pour gueuler ça, comme ça ? J'avais oublié l'effet que ça faisait…

— C'est ça, j'ai répondu pas fort.

J'aurais dû anticiper… J'aurais dû réserver moi-même. J'imaginais la tête des filles quand l'hôtesse leur ferait le même coup.

— Mettez mon nom plutôt comme réservation.

— Je raye Ceausescou ?

Elle ne va pas se la fermer ? Pourquoi parlait-elle si fort ?

— Ne rayez pas, mais faites en sorte de… les conduire à cette même table, avec n'importe quel nom.

Je voulais me tirer de l'entrée, où d'autres personnes attendaient et avaient sûrement très bien entendu.

— Vous dînez dehors, pas de changement ?

— Oui, normalement.

Je ne savais pas si Gundrund et Blaise étaient arrivés.

Ils pouvaient très bien s'être installés à l'intérieur… L'hôtesse a vérifié sur son cahier.

— Vous êtes dehors.

J'allais pouvoir rôtir et fumer tant que je voudrais.

— Ben ? T'es toute seule, Gundrund ? j'ai dit tout de suite en approchant.

Perdue au milieu des clients, sous les infra-rouges, Gundrund en tee-shirt attendait, sans olives, sans cacahuètes, sans verre de vin ni téléphone.

— Tu veux qu'on aille ailleurs ?

Cet endroit était peut-être mal adapté pour un dîner de travail ?

Elle a souri.

— Blaise a noté cette adresse. Je ne peux pas le joindre.

C'est vrai, j'oubliais. Il avait prévenu « commencez sans moi, les copines ». Un rendez-vous avec le notaire. Blaise vendait un de leurs immeubles dans le 7e arrondissement de Paris.

— C'est pas la panacée en ce moment. Même les vacances, on n'aurait pas dû…

Elle était si calme.

— Comme les gens s'imaginent qu'on est pleins aux as, ils ne nous aident pas, au contraire, elle a dit d'une petite voix. Comme on n'est pas un gros groupe, on n'a plus tant de pouvoir que ça… On est de plus en plus seuls.

Elle se grattait la tête, parlait sans amertume.

Mince alors.

Je m'attendais à tout sauf à ça. L'empire n'en était plus un, il s'effritait.

On s'imagine toujours que l'argent des autres est inépuisable. C'est con, je me suis fait la réflexion. Je regardais Gundrund, silencieuse maintenant.

Je n'aimais pas ça, la voir si fragile.

Gundrund avait vraiment l'air d'une petite fille ce soir.

Et moi qui commençais à douter d'elle. Je devais faire ce constat : elle se battait à longueur de journée. Pour tout. C'était normal qu'elle soit agitée en permanence, à bout de nerfs, que Blaise se montre dur, si pour tout ce qu'ils entreprenaient on leur foutait des bâtons dans les roues, on tentait de les dépecer.

Et moi qui commençais à perdre confiance. Mes producteurs livraient des batailles sans merci, à longueur d'année. J'aurais pu me gifler, ce soir, sur la terrasse. Quand je pense que j'ai failli leur retirer mon amitié. Pourquoi livraient-ils ces batailles sans merci ? Pour faire des films. Pour faire MON film. Pour payer la liste de techniciens que j'avais rendue tout à l'heure. Payer les actrices qui allaient venir manger et boire gratuitement, alors qu'on leur offrait la gloire. S'en rendraient-elles compte ? Rien n'était moins sûr. J'ai bu et mangé tellement de fois à l'œil sans jamais me poser de questions.

Est-ce que celui qui ouvre sa bourse se voit parfois un peu récompensé ? Plus que jamais, je réalisais combien Gundrund et Blaise étaient courageux. Ah ! Mes amis !

Ils ne vivaient que pour le cinéma.

Je regardais mon amie pour toujours, alors qu'elle me racontait tout ce qu'elle avait offert à cette actrice dont plus personne ne voulait, après qu'elle s'était hasbeenisée avec ses échecs successifs. De retour en haut de l'affiche, la « ressuscitée du caniveau » se moquait de Gundrund et de Blaise dans les salons parisiens.

— Elle n'ouvre même plus les scénarios que je lui envoie.

Elle me racontait combien elle et Blaise avaient perdu pour développer le film de ce réalisateur qui n'avait tourné que des comédies grossières, mal produites. Quand ils lui avaient proposé de réaliser un chef-d'œuvre, un remake d'*Autant en emporte le vent*, il était fou de bonheur. Un an de travail. Pas un radis, on leur a filé. Des fiches de lecture épouvantables.

Du jour au lendemain, le type avait tout laissé tomber. « Plus envie. » Malgré l'investissement personnel de Gundrund, malgré l'argent dépensé, il les avait plantés.

C'était pourtant une pure merveille. Gundrund avait réécrit tout le scénario.

— Les gens ne savent pas lire, elle se désolait.

Elle n'avait plus jamais entendu parler de lui.

— Pas un au revoir, pas un merci, elle a dit sans rancune pour celui qui venait de faire un nouveau carton au box-office avec son dernier navet. Un budget faramineux.

J'aurais pu la serrer dans mes bras. Me jeter à ses pieds pour lui demander pardon d'avoir douté.

C'est alors que j'ai senti la colère monter en moi :

Ah, les vauriens ! Les crapules ! Ils lâchaient tous les Ceausescou. Leur liberté de penser pas comme tout le monde, leur force, leur indépendance, irritaient les pourris, les vendus au système des alliances, les culs frileux, réunis en groupes, associations en tous genres. Tous voulaient abattre les Ceausescou.

C'était pourtant vrai, je n'avais jamais entendu un mot gentil sur eux. Sus à la coalition ! j'aurais pu hurler sur la terrasse du restaurant.

Eh bien moi, Sybille, je jurais ce soir fraternité, loyauté et fidélité à mes Amis. J'allais leur rendre au centuple ce qu'ils m'offraient !

Plus que jamais j'étais motivée. Nous allions leur montrer à tous qu'ils se trompaient !

Durant toute la soirée, Gundrund a senti : j'étais son alliée.

— Bon alors ? OK, pas OK pour le *Salut minette* du chanteur des années quatre-vingt ? j'ai demandé à Marion, à Julie, à Annabelle, quand la serveuse a pris nos commandes.

— Cinq entrées, pas de plat ?

— Non. Une bouteille de vin.

— Alors ? C'est bon pour le clip ?

Si elles émettaient une objection, une critique, un doute…

On a passé une soirée super ! C'était super !

— Mademoiselle, une autre bouteille s'il vous plaît.

— Toujours pas de plat ?

— Non.

— C'est finalement Raphaël qui fera le rôle du médecin, je leur ai annoncé.

Marion était trop contente. Elle n'aimait pas le dernier film dans lequel il avait joué, « mais franchement la scène, quand il se bat contre les six salopards musclés pour sauver sa copine, il est canon ».

— Dis-moi, Sybille, je croyais que tu voulais Vincent pour ce rôle ?

Annabelle, qui n'avait toujours pas lu le nouveau scénario, se permettait de me rappeler que je choisissais un acteur qui n'avait rien à voir avec celui que je voulais au départ.

— J'ai changé d'avis, je lui ai dit tout net.

Est-ce que ça posait un problème ?

— Non. Non. C'est que comme tu nous avais dit Vincent, « au pire » Clément.

Elle a repris une gorgée de vin.

— Ce sera Raphaël.

« Quand t'auras lu le scénario, t'en auras d'autres, des surprises », je n'ai pas dit. Fallait qu'elle fasse gaffe. Elle était limite-limite.

— Il a pas mal de tatouages, non ?

Marion trouvait ça formidable, un obstétricien, chef de clinique, tatoué de partout.

— Puis, au moins, ça lui donne un côté inattendu, improbable !

Julie a pouffé de rire avant de descendre la moitié de son verre d'une traite.

— Pardon ?

J'ai attendu qu'elle développe, madame Je-sais-tout-mais-ne-fais-pas-un-strapontin.

Elle a reposé son verre aussi sec.

— On comprend… qu'il n'est pas un médecin comme les autres. On comprend mieux… pourquoi il s'intéresse à ces filles. C'est un être à part.

J'ai bien écouté ce qu'elle baratinait pour se rattraper. Elle a eu chaud.

— Tu vois, Sybille, j'ai eu raison d'insister pour Raphaël !

Gundrund était ravie. *Pretty Girls* prenait forme.

— Il a une ancre sur un bras, un serpent sur l'autre, non ?

Annabelle trouvait ça incroyable, un acteur avec tant d'inscriptions sur la peau.

— Il faut du courage pour endurer la douleur, ça fait un mal de chien !

Marion a raconté : son copain s'est fait tatouer son prénom sur le poignet, pour l'anniversaire de leur rencontre.

— Il a regretté que je ne m'appelle pas Léa ! Il a pleuré comme une gonzesse !

J'ai raconté l'histoire qui nous est arrivé, à Raphaël et moi, quand je lui ai proposé le film.

J'avais donné rendez-vous à l'acteur au café, en bas de chez moi. Malgré le froid polaire, il portait une doudoune sans manches. « T'es venu comment ? » J'étais hallucinée quand il a déposé son casque sur une chaise. « À moto. »

Nous étions assis depuis à peine cinq minutes quand le serveur lui a tendu une cigarette avec un numéro de téléphone inscrit dessus. « C'est la demoiselle, là-bas, qui vous l'offre. » Raphaël et moi nous étions retournés sur une fille sublime. Elle lui avait fait un beau sourire.

— Et alors ? il a fait quoi ?

Marion a adoré mon anecdote.

— Il a fumé la cigarette.

— Quelle classe !

— Ha, ha, ha !

Nous avons hurlé de rire.

— Faut que tu le mettes dans le scénario, Sybille ! C'est trop génial ! Faut que ce soit dans la bande-annonce ! Faut que tu écrives une scène là-dessus ! Tu te rends compte, le pouvoir de séduction ? Il les fait toutes craquer ! C'est exactement ton personnage ! Tu vois ? J'ai bien fait d'insister ?

Gundrund reprenait du vin et du poil de la bête sur la terrasse du restaurant.

C'était génial ! On a passé une soirée géniale !

— Vous prendrez un dessert, peut-être ?

La serveuse nous a tendu la carte.

— Cinq assiettes de fraises des bois.

Quand Blaise est entré sur la terrasse, on était ivres mortes. De là-bas, quand il nous a vues toutes les cinq, déchaînées, il a souri. Ses dents paraissaient ultra-blanches. Il a replacé sa mèche de cheveux. Lentement, il a parcouru la distance qui le séparait de nous. C'était la première fois que je le voyais hors de ses bureaux. Putain, il allait hyper-bien dans le restaurant !

Il s'est assis sur la chaise que la serveuse lui a immédiatement rapprochée.

— Tu viens souvent ici ?

Ce n'était pas possible qu'il découvre le lieu.

Il a posé sa main, avec sa belle bague, sur mon bras. Franchement, avec son bronzage, ça claquait.

— Elle t'a dit, Gundrund, pour les coupes que je veux faire ?

Il a fait comme des ciseaux avec ses doigts, il a salué les actrices.

— Vous prenez quelque chose ? Commandez ce que vous voulez.

Il a montré tout le restaurant pour qu'on se sente à l'aise. D'un geste élégant, il a fait signe à la serveuse d'approcher.

— Vous leur servez ce qu'elles demandent, c'est moi qui règle, il a donné clairement l'information.

Mon regard s'est porté sur Gundrund.

Je ne sais pas pourquoi, mais j'ai trouvé qu'elle ressemblait à Alphonse, ce soir.

— Bonjour, c'est Sybille, je dis dans l'interphone de la rue Lincoln.

— Sybille ! Sybille !

La petite dame à l'entrée semble m'attendre depuis dix ans ce matin.

La tonalité indique : je peux entrer. Je me plie en deux, je pousse la porte.

— Sybille !

De derrière son comptoir, la petite dame surgit. Elle porte un pull-over plus petit que d'habitude. Blanc, avec des sapins verts et des skis rouges, taille 8 ans. Dans une semaine, elle m'accueille en layette. Elle sautille dans ma direction.

— Bous poubez montè, Sybi !

Elle ouvre grands les bras. Au cas où je n'aurais pas compris. Je suis la bienvenue.

— Merci, Lili.

Bras ouverts, immense sourire, elle m'entoure à distance, m'escorte joyeusement. Elle me suit comme un lutin dans une forêt enchantée, alors que j'avance en direction de l'escalier de pierre. Qu'est-ce qu'elle a ce matin ? On dirait qu'elle me protège de la foule en délire ou bien qu'elle danse le sirtaki.

— Merci, je dis encore, alors que je pose le pied sur la première marche.

Elle agite sa petite main, elle me fait coucou ? Elle se plie en deux, me sourit. Elle attend. Elle veut me regarder monter.

Bon. S'il n'y a que ça pour lui faire plaisir, j'entreprends l'ascension des marches. Je me retourne. Lili est émerveillée.

— Ma chérie. Ma chérie. Ma chérie.

J'étais attendue comme le Messie, moi.

Je suis accueillie par une Gundrund illuminée de bonheur. Ma chérie. Ma chérie. Ma chérie. Elle chante comme dans un film de Jacques Demy. Toute de bleu vêtue, maquillée, elle porte un magnifique collier en sautoir. Des bracelets d'or décorent le bas de ses manches. Il règne une drôle d'ambiance, rue Lincoln, ou c'est moi qui ne sais plus où j'en suis ? Comme une reine, Gundrund quitte son trône. Elle parcourt la distance qui la sépare de moi. Elle a l'air de voler. Elle vient me serrer dans ses bras.

— Bonjour.

J'aperçois la liste de mes techniciens sur son bureau. Ça doit être ça. Elle a dû vérifier les CV sur sa database. Elle les trouve bien.

Sans qu'on le sonne, le long corps vient déposer

deux expressos sur la table. Les cuillères tintent délicatement. Une féerie.

— Blaizou, Sybille est là.

Inutile de demander au maigrichon, pas besoin de l'attendre, le Seigneur, dans sa chemise bleu lavande, fait son entrée. Le pas lent, fort, fier, il s'approche. Je manque de lui tendre la main pour qu'il me la baise.

— Ça va, ma belle ?

Ben dis donc, ça leur a plu, ma liste, je pense quand je vois tout ce tralala.

Blaise vient humblement s'asseoir sur une des chaises, devant le bureau de sa sœur. Il me fait signe.

Je retire mon manteau, rejoins la chaise à côté de la sienne.

Leurs sourires radieux annoncent la bonne nouvelle. Mon sacre. Je vais être sacrée princesse de la liste.

— Sybille.

— Oui.

Comme si ma réponse contenait une blague cochonne, la reine rit, le roi s'étouffe. Sans y être invité, le serviteur prend la liberté de venir s'asseoir sur la chaise derrière la mienne.

— Sybille, ça fait six mois, maintenant, que nous travaillons ensemble.

La voix de Blaise, plus grave que jamais, vibre dans le silence.

Il prend ma main dans les siennes.

— Comme tu sais, ça n'a pas été facile. Si tu savais ce que nous avons entendu… tu gerberais sur place.

Il en secoue sa couronne de désespoir.

— L'humanité est devenue un tas de merde, avide de brouzoufs.

Qu'est-ce qu'il lui arrive, au Seigneur ? Comment il parle maintenant ? Je me suis trompée, ça ne va pas être une bonne nouvelle. Je vais me voir sacrer rien du tout. Je sens ma colonne vertébrale se raidir, mes muscles se tendre. Je vais encaisser du lourd. Je l'entends déjà me gueuler que je pue la fange et le mauvais savon.

Blaise fait tourner sa bague autour de son doigt. Un coup d'œil à Gundrund. Il prend une longue inspiration tandis que je me contracte davantage. Les yeux rivés sur sa bouche, j'ai l'impression qu'un missile va en sortir pour m'atteindre en pleine tête. Je retiens mon souffle.

— Ton copain Philippe.

Il montre le plafond.

Puis plus personne ne parle.

Quoi ? C'est la fin de sa phrase ? Qu'est-ce qu'il a, Philippe ? je m'inquiète subitement. Ils l'ont achevé, ils veulent me faire la surprise. Ils l'ont guillotiné après qu'il a rendu un devis hors de prix. Ou trop lent. Ils l'ont gardé enfermé dans sa geôle jusqu'à obtention du devis terminé. Ce matin, ils l'ont trouvé pendu. Pour me punir de leur avoir présenté ce crétin, ils veulent que j'aille décrocher sa dépouille.

Assise comme un sac de blé mal rempli, je n'ose plus bouger.

— Ton copain.

Blaise désigne de nouveau le plafond. Il me rend ma main.

Puis plus personne ne bouge.

Ça veut dire quoi ? Je vais voir Philippe ? Je ne suis plus sûre de comprendre ce qu'on attend de moi.

Qu'est-ce qu'il va se passer quand je vais me lever ? Ça fout les jetons, leur attitude.

— Bon… j'y vais alors… je dis courageusement avant de monter à l'échafaud pour récupérer mon pote.

Je vais sortir à reculons. Au cas où. S'ils m'attaquent quand je me retourne.

Je quitte la pièce en prenant soin de garder les silencieux dans mon champ de vision.

Mon Dieu, Philippe ! J'appuie sur le numéro 5 du bouton de l'ascenseur. Les quatre étages me semblent si longs à parcourir.

Les portes s'ouvrent enfin sur le grand espace vide :

— Tu vas le faire ton film, ma couille !

Je me fais insulter par Philippe qui n'est pas du tout pendu.

Le visage de mon directeur de production est fendu d'un sourire radieux.

— Haaaaaaa !

Qu'est-ce que c'est que ça ? Dix personnes sortent des coins de la pièce en hurlant.

— Ton équipe commence aujourd'huiiiii !

Il écarte les mains, me présente le monde merveilleux que le roi, la reine et lui-même ont créé en secret.

Je suis embrassée par celui-ci.

« Trop content de commencer ! »

Par elle.

« On va faire un très beau film. »

— Je peux m'asseoir ? je dis alors que les noms de ma liste défilent devant moi.

Philippe a réussi à sortir « ce putain de devis » !

Une machine à café a été installée. Une imprimante. Les photos de mes trois actrices sont épinglées au mur.

— Sybille, je leur mets quel numéro sur le plan de travail, aux trois actrices ?

La surprise passée, ma première assistante s'est remise au travail.

— Marion, je l'ai mise en rôle numéro 1. Julie, je l'ai notée en 2 et Annabelle en 3. Mais peut-être que je devrais changer, non ? Comme les rôles sont équivalents, je peux mettre Annabelle en numéro 1. On m'a dit qu'elle avait la grosse tête. Faut pas qu'elle arrive énervée sur le plateau. On m'a dit qu'elle était casse-bonbons.

— Dans ce cas, oui, mets-la en numéro 1.

— Sybille ! Pour la répétition du clip vidéo demain, pick up 8 heures chez toi, ça te va ?

— C'est parfait.

— Sybille ! Tu auras cinq minutes pour que je te montre les costumes pour le clip ?

— Oui, bien sûr.

Les questions fusent. La « prépa » commence aujourd'hui. Je réalise peu à peu.

— Qu'est-ce que j'ai morflé !

Philippe me raconte qu'il a bossé « comme un clebs, enfermé tout seul dans cette taule. Enfoiré, je me suis mis la misère ».

Il lâche son standing de dir-prod *hight level*, son vocabulaire international, et se transforme en charretier. Il en a « chié des ronds de chapeau pour faire entrer les ronds dans les carrés, mais, bordel, il y est arrivé ! ».

Il agite des pages d'additions sous mon nez.

— Sybille ! Faut que tu obtiennes au moins trois jours de plus. En six semaines, ça rentre pas dans mon plan de travail ! J'ai beau le tourner dans tous les sens…

Ma première assistante me montre le planning. Des colonnes, jour par jour. Chaque séquence est notée, combien de temps elle prévoit pour la tourner.

— Six semaines ? J'en avais huit ?

Blaise m'a demandé de couper des séquences pour

que ça tienne en sept semaines. Pourquoi mon assistante veut-elle faire un plan de travail de six ? Je me tourne vers Philippe.

— Six semaines de tournage. C'était la condition pour que ça tienne dans le budget.

Mais comment je vais faire ?

Je viens juste de livrer la version amputée de sept jours. « Tout le début, on s'en fout, toute la fin aussi. » J'y ai intégré les 342 remarques faites par Blaise.

Comme convenu : dès la troisième scène, j'ai assassiné les parents du personnage de Julie. « On se doute bien qu'elle n'est pas née dans une rose. » La sœur de Marion, comme on « s'en foutait », je lui ai coupé ses répliques, « on comprendra par le jeu ». La fille d'Annabelle, on ne la verra que de loin, de profil, dans l'ombre et derrière un rideau. « Si la môme nous gonfle, on en prend une autre. » Raphaël n'a plus de femme, mais une petite amie qu'on aperçoit au début. « Ça fait un cachet de moins pour une actrice. » J'ai demandé à une copine de faire la silhouette. Elle aime bien l'acteur, elle lui roulera une galoche pour pas cher. Mes trois filles de joie ne disent plus de gros mots, « enlève *putes*, mets *call girls*, ça passe mieux ». Elles trouvent chacune leur prince charmant. Il n'y a pas une scène d'amour, mais trois. « Faut mettre dans le contrat qu'elles acceptent de montrer leur cul. »

Tous vivront heureux, très longtemps, et auront beaucoup d'enfants.

— Tu rabiotes un peu à droite à gauche. Blaise va t'expliquer, il a vu deux-trois coupes que tu peux faire.

Je suis redescendue quatre étages plus bas. Le roi et la reine n'étaient plus là. Le long corps m'a expliqué : ils donnaient une conférence dans une école de cinéma. « Concevoir, financer, accompagner : le métier de producteur ».

— Marion, je sais que ça t'ennuie de tourner à l'étranger, mais la Belgique et le Luxembourg, ce n'est pas si loin. De Bruxelles, tu peux rentrer tous les week-ends.

Dans la loge maquillage, j'essaie de convaincre mon actrice. Avant d'accepter le film, elle a demandé : « Ça se passe où ? »

Elle a deux enfants en bas âge. Elle ne peut pas se séparer trop longtemps de sa petite dernière, qui a des problèmes de santé. « Rien de grave. Elle est allergique à l'œuf. Je suis sa mère, elle a besoin de moi. » Je l'avais rassurée : « Ne t'inquiète pas ! Tout est à Paris. Le personnage principal masculin habite un appartement sublime, avec vue sur la tour Eiffel. » Elle a accepté.

— Paris, c'est en France ou je me trompe ? Ça a changé ?

Marion s'en mêle alors que la coiffeuse lui place un dernier rouleau sur la tête.

Julie éclate de rire alors que la maquilleuse est en train de lui « faire la bouche ».

— Ça fait longtemps que Paris est en France, mais, tu sais, on a des problèmes d'argent sur le film. Si on tourne en Belgique et au Luxembourg, on garde sept semaines de tournage, contre six, si on reste…

— On abandonne la tour Eiffel ou elle est d'accord pour partir ?

Décidément, Marion est drôle ! Julie n'aura pas de bouche si elle continue de rire à toutes les idioties que sort sa voisine de loge. La maquilleuse est encore obligée de prendre un coton, de l'imbiber de démaquillant. Elle doit tout recommencer, elle soupire en s'acquittant une nouvelle fois de sa tâche.

— On va reconstituer la tour Eiffel. En effets spéciaux.

Les effets spéciaux, c'est pas sorcier : les FX, c'est filmer quelque chose qui existe quelque part, le coller ailleurs, pour faire croire qu'en vrai c'est là où c'était avant. Je ne vois pas pourquoi on abandonnerait la tour Eiffel, qu'est-ce qu'elle me chante, celle-ci ?

— Et l'appartement de Raphaël ? Je croyais que tu l'avais trouvé à Paris ? On va le tourner où ?

— Eh bien, l'appartement de Raphaël, nous allons le reconstituer en studio.

J'ai réponse à tout. Non mais, faut pas croire, tout est prévu. Tout est calculé. On ne part pas comme ça, à l'aveuglette.

— En studio ? En stu-dio ?

Le studio, elle n'aime pas du tout. Marion sait ce que ça veut dire, le stu-dio.

Comme son nom ne l'indique pas, le studio, c'est une sorte d'immense hangar, loin. Il n'y a rien autour, à part des champs et des entreprises de menuiserie, elle sait.

— Si l'appartement existe, pourquoi le construire ? C'est sûrement plus cher, et puis c'est chiant de ne pas avoir les vrais trucs, quand tu tournes.

Annabelle s'y met à son tour.

Assise devant le troisième miroir, elle penche la tête pour me voir en reflet.

« T'as lu la dernière version, toi, avant de me casser les bonbons ? » j'ai bien envie de lui balancer.

— C'est vrai, quand tout est faux, c'est impossible de jouer.

Julie la soutient.

— Tu vois ? Faut pas tourner en studio.

Marion est ravie de ne pas être seule à penser ça. Un vrai appartement, c'est mieux qu'un faux.

Non mais, elles ont tourné sur quels films, les trois ? j'ai envie de leur demander. Elles me font halluciner.

Est-ce que j'ai jamais ouvert une porte accrochée au couloir qui suivait ? Ai-je déjà marché dans une rue qui menait à la maison dans laquelle j'entrais ? Est-ce que j'ai déjà conduit une voiture qui n'était pas elle-même sur une autre voiture, pilotée par un homme qui conduisait exactement comme moi, pour faire croire que c'est moi qui conduisais ?

Dans la plupart des cas, elles doivent reconnaître : elles n'ont jamais répondu au téléphone alors qu'il venait de sonner. Faut pas me prendre pour une bille, non plus.

Comme toutes les actrices, je me suis lavé les mains au-dessus d'éviers qui avaient un seau en guise d'évacuation, j'ai ouvert des robinets alimentés par des tuyaux en plastique. Et comme tout le monde, chaque fois que j'ai frappé à une porte, j'ai fait gaffe de ne pas frapper trop fort, de peur qu'elle ne s'écroule sur le machino couché derrière pour la maintenir debout. On dirait qu'elles n'ont jamais tourné !

Nous allons reconstruire au Luxembourg un appartement parisien. Il n'y a pas de quoi se mettre dans tous ses états. On va refaire la pierre de taille en polystyrène, les murs en panneaux de bois, et le balcon en carton. Et alors ? On ne sera pas les premières ? Elles peuvent bien faire gaffe en ouvrant une porte, quand même ? Quand elles se laveront les mains, comme tout le monde, elles claqueront la langue contre leur palais pour que le gars planqué derrière envoie de l'eau dans les tuyaux. Et alors ?

— À Bruxelles, on tourne quoi ?

Marion commence à comprendre, c'est un peu ça, le cinéma.

— On tourne les rues.

— Il y a exactement les mêmes qu'à Paris ? La pierre bleue de Bruxelles, tu la fais teindre en blanc ?

Julie vient de soulever un lièvre.

Je leur explique, ce n'est pas la peine de me la faire : j'ai tourné Paris en Roumanie. Tokyo à La Défense, le TGV dans un salon, j'ai même couru sur un tapis pour faire croire que je gagnais la course contre ma fille, sur une plage de l'Atlantique. Alors Bruxelles, à côté. Je ne leur parle pas de Laura Dern et Jeff Goldblum dans *Jurassic Park*. Quand ils cavalent, poursuivis par des centaines de dinosaures. Elles s'imaginent quoi ? La production les a ressuscités pour que les acteurs puissent bien jouer leur scène ?

— …

— …

— …

Je crois que je les ai convaincues. Je les regarde toutes les trois se transformer en putes. Je suis aux anges, ça prend forme, je pense, quand la longue perruque rousse est posée sur la tête de Julie.

— Et quand on dîne sur le bateau ?

Marion n'a décidément pas envie de quitter la capitale. Elle cherche la petite bête :

— Du bateau on voit le pont Alexandre-III, le Pont-Neuf, Notre-Dame, t'as écrit. On va les faire aussi en effets spéciaux ?

— Ça, on le tourne à Paris quand même.

Je commence à mal le prendre, elle comprend et cesse avec ses remarques.

— Cette scène, Sybille, je voulais t'en parler, justement.

Ravie d'apprendre qu'Annabelle a lu le scénario.

— Je ne pige pas pourquoi ces trois filles ne quittent pas le dîner quand elles se font maltraiter par les mecs bourrés. Elles restent là comme trois connes ?

— …

Comment je vais répondre à Annabelle ? Je me gratte la tête. Ça va me faire gagner quelques secondes, afin que la réponse n'apparaisse pas trop simple et ne rende pas sa question complètement débile, à cette tire-au-flanc qui va passer en numéro 3 sur le plan de travail, que ça lui plaise ou non.

— En fait, elles ne peuvent pas quitter le restaurant, parce que c'est un bateau.

— Et ?

Elle attend de plus amples explications.

Oh merde, elle est complètement à l'ouest, je m'aperçois. Ma réponse ne lui suffit pas.

— En fait, pour quitter le bateau-restaurant, elles doivent attendre qu'il revienne à quai.

— Ah ? Parce qu'en plus le bateau doit voguer ?

C'est pire que ce que je croyais. Je prends sur moi pour ne pas lui livrer le fond de ma pensée.

— Je ne sais pas si tu as vu, mais j'ai noté : « Le pont Alexandre-III, le Pont-Neuf, Notre-Dame défilent… » Eh bien, ce ne sont pas les monuments qui défilent, mais le bateau qui passe dessous ou devant.

— Bien vu !

Ça y est, elle vient de capter, elle tape dans ses mains.

— Bien vu !

La porte s'ouvre.

— Prêtes à tourner, quinze minutes ! Les producteurs font une annonce avant, vous êtes attendues sur le plateau.

Mon assistante referme la porte.

Ça y est. Nous y sommes.

Je ne croise personne dans le long couloir qui mène au plateau. Ma liste technique est déjà PAT, prête à tourner. Il manque un coup de mascara à Marion, du blush à Annabelle, un coup de peigne sur la perruque de Julie, et puis les actrices seront PAT, elles aussi.

« J'ai le trac », je ne vais avouer à personne. Dans quelques minutes, je vais dire le premier « Action ! ».

— Sybille.

Gundrund m'arrête quand j'arrive sur le plateau.

Malgré le nombre de personnes réunies sous les lumières, pas un bruit. Oups, c'est bizarre, cette ambiance, je ne m'attendais pas à ça. Debout aux côtés de Blaise, sur le praticable qui sert d'estrade, la productrice se tient droite. Ça ne rigole pas, je pense, quand je vois le podium créé pour l'occasion. Les machinistes ont prêté les cubes qui servent à rehausser une chaise, une table, de dix, vingt, trente centimètres, dans le cadre, lorsqu'on en a besoin.

Gundrund me fait signe d'approcher.

Face au chef-opérateur, aux électros, machinos, ingénieur du son, perchman, scripte, costumière, habilleuses… assistants… photographe… Blaise est là, immobile, silencieux.

Déjà que je flippais… Je voudrais faire une blague pour me décontracter. De toute évidence, ce n'est pas le moment. Je souris, je me dandine, en me retrouvant face à tout le monde. Je fais un clin d'œil à l'un, un signe à l'autre.

Ils sont tous là. Ma liste technique. Quatre-vingts personnes.

Si différents les uns des autres, ils sont pourtant tournés dans le même sens, regardent dans la même direction. C'est beau de voir ça. Je suis fière, je dois reconnaître, malgré la gêne de me retrouver devant eux. Blaise a raison. Dire deux-trois mots à l'équipe, c'est la moindre des choses.

Mince, je n'ai rien prévu, je m'en veux maintenant. J'aurais pu y penser. Je suis quand même le capitaine du navire qui s'apprête à quitter le port. Qu'est-ce que ça me coûtait, de rédiger quelques phrases sympathiques ?

Je regarde Blaise. Les feuilles qu'il tient à la main indiquent : il va faire un discours, digne de ce nom. C'est la classe. J'ai assisté à tellement de discours mal foutus. On comprenait rien de ce que disaient les prods. À se demander s'ils avaient vraiment envie de parler.

J'aperçois Jack, à côté de Philippe. Mon agent est venu me soutenir pour ce premier jour. Purée, j'aurais pu faire un effort. Même si ce n'est que le clip vidéo, c'est quand même notre aventure qui commence aujourd'hui.

Les pas feutrés des actrices, des coiffeurs, des maquilleuses, et nous sommes au complet.

— Mesdames, messieurs, *pretty girls* et *pretty boys*.

En plein dans le mille, Blaise va faire un carton. Je suis contente, et en même temps j'ai trop les boules de n'avoir rien préparé.

— Le film de Sybille, que nous portons depuis de longs mois, ne sera soutenu par personne.

La voix de Blaise résonne dans le silence. Je regarde Gundrund. Droite, immobile, elle écoute.

— Les raisons que ces financiers invoquent pour leurs refus successifs sont tellement vides de sens qu'il faut prendre comme une chance d'avoir à se passer des incompétents ! Lorsque nous voyons les maigres résultats qu'ils obtiennent, leurs choix, tout porte à croire qu'ils n'ont rien à faire là où ils se trouvent !

Je découvre : Blaise est un orateur chevronné. Chacune de ses phrases, lancée dans l'espace, est plus haute que l'autre.

— Il n'y a pas à douter que ce même film, ce même scénario, présenté par un groupe ami de leur congrégation corrompue, serait à l'heure qu'il est plus que financé. Sur-financé. Dans une débauche d'argent qui fait honte à notre profession ! Des excès qui font blêmir les humbles travailleurs que nous sommes. Jamais nous n'accepterons de pactiser avec ces corporatistes. Ce serait abandonner ce qui est notre bien le plus précieux : notre indépendance !

Putain, il y va pas à moitié ! Je le vois s'emballer à mesure qu'il gueule plus fort. Sa mèche vole dans tous les sens, alors qu'il martèle les mots avec force et conviction. Les applaudissements viennent saluer le courage. Le plateau gronde. Blaise doit s'interrompre un instant. Il lève la main, hoche la tête plusieurs fois, reprend un peu de salive, puis le silence revient.

— Notre dissidence ! il se met à hurler. Notre insoumission !

Blaise devient écarlate alors qu'il déploie plus d'énergie.

— Notre insubordination ! C'est notre liberté ! il beugle aux acteurs, aux techniciens.

Les applaudissements couvrent sa voix, qui se perd dans les acclamations. Bravo ! Une voix s'élève parmi les techniciens.

Blaise racle sa gorge. Il poursuit :

— Notre soif de cinéma est intacte. C'est pourquoi aujourd'hui je vous annonce que nous ne céderons pas ! Nous ne plierons pas devant un système devenu obsolète.

Malgré sa voix qui s'abîme, il tire sur ses cordes vocales.

— Parce que nous sommes là. Parce que vous êtes là.

Il tend son doigt, désigne les techniciens devant lui.

— Parce qu'elles sont là.

Il montre les actrices sur le côté.

— Parce qu'elle est là !

Il se penche, attrape mon bras, me tire sur le devant de la scène. Les applaudissements résonnent de nouveau. Il lâche mon bras. Un minuscule pas de recul, je reprends ma position, juste derrière. Gundrund avance d'un minuscule pas, juste à côté.

— Parce que rien ni personne ne saurait amoindrir la passion qui nous anime, nous décidons aujourd'hui de commencer l'aventure, quoi qu'il nous en coûte ! Même si cela veut dire que la production sera seule, la production s'y engage !

Hein ? Blaise va financer le film tout seul ? Et la Belgique ? Et le Luxembourg ?

Je regarde Gundrund. Pourquoi ne m'a-t-elle rien dit ? À son visage, qu'elle tourne lentement vers moi, à sa bouche ouverte, je comprends : elle non plus ne s'y attendait pas.

— Vous pouvez compter sur moi, comme je peux compter sur vous !

Le tonnerre gronde. Les applaudissements ne cessent plus. Les murs, l'estrade, le décor tout entier, vibrent. Blaise est à la tête d'une cohorte.

— Dans un instant, notre aventure va commencer. Vive le cinéma !

Blaise se tourne vers moi. Je dois prendre la parole.

J'ai eu toutes les peines du monde à trouver quelque chose à dire après ça.

Devant les sourires bienveillants, j'ai balbutié des mots de bienvenue, de remerciement…

Je n'étais presque plus rien.

Puis le coup d'envoi a été lancé par Gundrund.

Il est « incroyable ». « Époustouflant ». « Monumental ». « Prodigieux ». « Majestueux ». Les superlatifs se succédaient. Pas un mot pour Gundrund.

— C'est un maître. Tu mesures les risques qu'il prend pour ton film ?

Jack était fasciné lui aussi.

L'équipe s'est dispersée, chacun a rejoint son poste. J'aurais voulu parler à Blaise avant de commencer. Au bout du plateau, entouré du régisseur, co-régisseur, des assistants, il discutait, souriait, hochait la tête, replaçait sa mèche, buvait un verre d'eau. Je me suis approchée.

— Blaise, tu ne vas pas produire seul ? j'ai murmuré à son oreille.

— T'occupe, je sais ce que je fais.

Il a repris sa conversation.

Du regard, j'ai cherché Gundrund. Elle n'était plus là.

— Purée, ils se sont engueulés, le frérot et la frangine.

Marion les a entendus se disputer dans la salle de bains derrière sa loge.

— Ah bon ? À quel sujet ?

Marion a haussé les épaules.

— Je sais pas, j'avais mis la musique…

Misérable, j'ai tenté de reprendre un peu d'assurance en m'asseyant derrière le combo, l'écran témoin qui retransmet les images des caméras.

— Silence s'il vous plaît ! Moteur demandé ! Tourne. — Annonce. — *Salut minette.* — Ceausescou production, un sur une, première ! Clap. Musique !

— Action.

Les notes de musique ont empli la pièce. Les actrices ont commencé à chanter, à danser. Raphaël a fait son entrée au bon moment.

Peu à peu, je reprenais les rênes, retrouvais ma place, sur le plateau.

Discrètement, Gundrund a reparu. Discrètement, elle est venue s'asseoir sur la chaise à côté de la mienne. Elle a passé sa main autour de ma taille. J'étais concentrée.

Alors que je scrutais les images, elle m'a poussée légèrement sur la gauche, légèrement sur la droite, pour que nous nous balancions au rythme de la musique.

Je l'ai regardée. Elle m'a souri. J'ai eu un mauvais pressentiment.

— Fin de journée ! Merci à tous ! Fin du clip !

Nous applaudissons les actrices et Raphaël. Nous sommes fiers d'eux. Nous nous applaudissons, nous sommes fiers de nous. L'équipe se tourne vers moi, ils m'applaudissent. Gundrund sourit. Elle est crevée, mais heureuse. Elle se masse un peu le bas des reins. « Wouaou », c'était une épreuve, mais elle l'a passée.

Depuis ce matin, elle est assise à côté de moi, derrière le combo. Elle a assisté à toutes les prises. « Je suis là, je ne te lâche pas. » Elle ne s'est pas levée une fois, à part à la coupure repas. Elle a déjeuné à côté de moi. « Je mange avec les acteurs, Gundrund », je me suis excusée quand je me suis installée à la place qu'ils m'avaient gardée à leur table. « Pas de problème. Ça me va. On mange avec qui tu veux. » Elle a haussé les épaules. Elle a pris une assiette, des couverts, un verre. Elle a tiré une chaise libre. Je me suis poussée. Elle s'est assise à côté de moi. « C'est un enchantement, ce que je vois depuis ce matin ! » Elle a fait un commentaire à chacune, à Raphaël. Elle a eu un mot gentil pour chacune, pour Raphaël. « Tu devrais porter une perruque comme celle-ci tous les jours, Annabelle. Ça te va à ravir. C'est incroyable, Marionnette, ce que tu es élégante dans ta robe. Faut garder le numéro de la maquilleuse, Julie. Tu ne vas pas te reconnaître tellement c'est beau. Ce mec au milieu de ces trois nanas, c'est merveilleux. Crâneur, rouleur de mécaniques. Elles vont toutes tomber ! »

Elle m'a donné un petit coup d'épaule, elle leur a dit : « Elle est douée, ma copine, quand elle veut, hein ? »

— Merci à tous ! C'est une fin de journée !

L'assistante demande qu'on libère le plateau.

Je cours vers les acteurs.

— Merci, merci, merci, merci.

Je les serre dans mes bras, chacun à leur tour.

— Je me suis éclatée.

Marion enlève ses chaussures. La pauvre, ses pieds sont tout gonflés.

— J'ai adoré.

Julie se gratte la perruque. Il fait mille degrés là-dessous.

— C'est vrai, c'était super.

Raphaël aussi a eu chaud sous les projecteurs. Il secoue sa chemise pour s'aérer le torse.

— J'ai hâte de tourner maintenant.

Annabelle a joué le jeu. Et bien joué. Annabelle est une bonne actrice.

Finalement, Annabelle est une fille super. Découvrir quelqu'un de bien, quand on s'attendait au pire, c'est tellement fort.

— Il y a un pot ?

Julie se tourne vers moi. Normalement, à la fin d'un tournage, même court, un pot est offert à l'équipe, c'est l'usage. De la charcuterie, du guacamole, des bières, un peu de vin.

— Je ne resterai pas longtemps, faut que j'aille voir ma fille, mais je passe. À tout de suite.

Marion entre dans sa loge.

— Moi aussi, je viens.

— Moi aussi.

— Moi aussi.

Les trois filles et Raphaël s'engouffrent dans leurs loges respectives.

— Philippe ! Philippe ! Il y a un pot prévu ?

Je fonce sur le directeur de production, tandis que sur le plateau on s'affaire à démonter le décor. Les électros décrochent les lumières. Les machinos enroulent leurs câbles. Le combo, sur ses roulettes, disparaît. La scripte, assise au milieu du plateau vide, finit de remplir son rapport.

— Un pot ?

Philippe a l'air d'entendre ce mot pour la première fois. Pourvu qu'il y ait pensé. Je fouille la poche arrière de mon jeans. J'en sors la « feuille de service » d'aujourd'hui. Quand il y a un pot, normalement, c'est « à la feuille ». Tout doit être noté. Je cherche, à la toute fin, après le lieu, l'adresse de tournage, les horaires, les éphémérides, numéros de séquence… Non. Rien. Je ne vois rien.

— Il y a pas de pot prévu ?

— C'est pas le genre de la maison, je crois.

Quand il en a parlé à la production, Philippe a bien compris : « C'était pas la peine d'insister. »

— Pourquoi tu ne m'en as pas parlé ? Je l'aurais fait, moi, le pot ! Je suis hyper-forte en pot ! Sur chaque tournage, j'en fais un !

Après celui de la prod, celui de la mise en scène, il y a celui des acteurs. Chaque département organise le sien, normalement. Les miens sont toujours réussis ! J'adore ça, moi, faire des pots ! Je regarde à droite, à gauche, il faut que je trouve une solution.

— La table régie ! Il doit rester de quoi manger !

La table régie est approvisionnée à longueur de journée. Toutes les heures, de nouveaux sandwichs au pâté, jambon-cornichons, fromage, sont déposés, à côté du quatre-quarts tranché, des biscuits, bonbons, pommes et bananes.

— Charles ! Charles !

Je cours derrière le régisseur.

— Charles ! Tu peux me laisser la bouffe s'il te plaît ? Tu peux m'organiser un pot, là, maintenant, tout de suite ? S'il te plaît. S'il te plaît.

Je fais comme mon fils quand il veut inviter son meilleur copain à dormir à la maison, le week-end, après une semaine fastidieuse.

— … Faut que je demande à la prod…

Charles est emmerdé. Tout est facturé. Il ne peut pas prendre la décision tout seul. Il regarde, estime la valeur de la nourriture sur la table, dans le carton de réserve, en dessous.

— J'achète les restes. Est-ce que tu peux filer ou envoyer quelqu'un acheter du vin, de la bière et de la vodka ?

Je fouille mon sac. Je brandis mon chéquier.

— Ils avaient peut-être prévu d'en faire autre chose…

Charles se demande si je ne suis pas en train de convoiter le dîner de quelqu'un. Il tourne la tête dans tous les sens. Est-ce qu'il peut me céder la bouffe ? Il regarde sa montre, réfléchit encore un peu, alors que ses assistants sont en train de débarrasser la table.

— OK, j'envoie un gars.

« C'était hyper-bien ! » J'ai bien fait d'insister. « C'était top ! » Tout le monde a adoré. L'ingénieur du son a accepté de sonoriser un peu. « Pas longtemps, une heure ou deux », je lui ai demandé.

Marion est restée jusqu'à deux heures du matin. Elle a dansé avec Raphaël.

Annabelle a parlé avec tout le monde.

— T'as vu ? Elle n'est pas si casse-bonbons, j'ai fait la remarque à ma première assistante.

— J'attends de voir.

Elle était dubitative, en sirotant sa bière. Celles avec lesquelles ça se passe miraculeusement bien le premier jour ne sont pas toujours celles avec lesquelles on travaille le mieux sur la durée.

Je gardais un œil sur Julie :

— Je maintiens que la première version de Sybille était mieux, mais bon…

Julie a parlé longuement avec Gundrund.

— Tu peux te rapprocher ?

J'ai demandé à Jack, qui est aussi son agent, de contrôler ce qu'elle racontait. Julie ne devait pas énerver la productrice avant le vrai tournage. Déjà qu'elle avait failli dégager…

— Sybille, je peux te parler ?

Putain, Blaise n'aurait pas dû gueuler autant ce matin, je me suis dit, quand j'ai entendu sa voix abîmée. Il n'aurait pas dû discuter tout ce temps avec ses partisans à l'autre bout du plateau vide, plein de courants d'air. D'un mouvement de tête, il m'a fait signe de le suivre. Il voulait me parler en privé. Il m'a entraînée un peu plus loin.

J'ai senti un point dans mon dos, alors qu'on s'éloignait. Comme un poids, une pression, entre mes deux omoplates. Je me suis retournée.

Gundrund nous suivait du regard. Elle n'a pas souri quand mes yeux ont croisé les siens. Qu'est-ce qu'elle avait Gundrund ? Ça m'a terrifiée, ce regard fixe.

— Tu tournes rien d'autre en tant qu'actrice, on est bien d'accord ? Blaise m'a demandé tout de suite, quand on s'est isolés.

Le pauvre, sa voix portait les stigmates du discours de ce matin. Elle était vraiment très éraillée. Je sentais chaque mot lui écorcher la gorge.

— Tu devrais boire un lait chaud avec du miel.

Les conseils du professeur de chant au Conservatoire me revenaient.

Pauvre Blaise. Il y avait tout à parier que demain il se réveillerait aphone.

— Tu ne tournes rien, on est bien d'accord ?

Des milliers de bouts de verre semblaient cisailler un peu plus ses cordes vocales à mesure qu'il parlait.

— Ben non, je ne tourne rien. En tout cas, rien pendant que je réalise.

J'ai ri à ce qui me semblait être une évidence.

— Grâce à toi, je vais tourner *Pretty Girls*.

Je n'avais pas le don d'ubiquité, il devait se rassurer.

— En tout cas, merci, Blaise, merci.

J'ai posé une main sur mon cœur.

Blaise était réellement un être à part, moi aussi, je le reconnaissais. « Il a un truc en plus. » Julie avait été séduite par lui, pendant son discours. « Je le trouve bourré de charme. » Marion s'était fait cueillir. « C'est tout ce que j'aime chez un homme. » Annabelle avouait carrément : s'il disait oui, elle ne dirait pas non.

Pour ma part, j'aurais pu lui sauter au cou. Cette première journée, c'était déjà à lui que je la devais.

Il a avalé un peu de salive pour remettre de l'eau, apaiser les lames de rasoir qui continuaient de tout déchiqueter dans son larynx. Il a remis sa mèche en place.

— Les actrices, je connais. Pour un beau rôle…

Il a souri. Ça lui rappelait plein d'autres actrices qu'il avait connues.

— Tu as des projets, j'ai entendu dire.

Sa voix était de plus en plus faible. Il fallait qu'il se taise.

— Pour l'année prochaine. Je n'ai rien prévu d'autre que notre film jusqu'à sa sortie.

Je ne lâcherais pas mon film, il pouvait en être certain. Je serais là du début à la fin.

— Pendant un an et demi, je ne ferai rien d'autre.

Il m'a regardée longuement. Il ne bougeait pas. Il ne parlait plus. Je ne savais pas si la discussion était finie, si je devais partir ou si je devais rester, là, dos au mur, face à lui qui me barrait le passage.

— Je finirai notre film avant d'en commencer un autre, sois certain, j'ai répété. Les films que je prévois ne se feront pas avant que le mien ne soit complètement fini.

Alors que je voulais lui conseiller de se taire, son silence me mettait mal à l'aise d'un coup.

Il me jaugeait. Pour la première fois, Blaise m'évaluait. Je sentais son regard qui s'aiguisait, comme les lames dans sa gorge. Est-ce qu'à l'intérieur ça ressemblait à l'extérieur ? Je n'osais plus bouger. Le moindre mouvement, le moindre battement de cil, aurait révélé un défaut, une tache cachée, quelque part, qu'il cherchait à détecter. Même toute petite. Même tout au fond. Avait-il raison de miser sur moi ? Il en doutait tout à coup, je sentais.

« C'est dans l'œil qu'on voit la bête. » Ses yeux se plissaient, changeaient de couleur, alors qu'il les tenait plantés dans les miens.

Il s'était passé quelque chose. Qu'avais-je fait ou n'avais-je pas fait pour qu'un tel doute s'immisce chez Blaise ? Il était si convaincu ce matin. « Tu ne vas pas produire seul ? » J'ai essayé de le raisonner après son discours. « T'occupe, je sais ce que je fais. »

Est-ce que Blaise n'a pas parlé trop fort, trop vite, tout à l'heure ?

Après un temps qui m'a paru une éternité, Blaise a repris la parole. Sa voix était quasi foutue, inaudible.

— Je veux un papier sur lequel tu me l'écris : aucun film avant décembre dans deux ans. Si on recule la sortie du film, je suis planté.

— Mais on ne garde jamais un film deux ans sur une étagère, Blaise…

Pourquoi imaginait-il une telle situation ?

— Je veux le papier demain, rédigé par ton agent.

— Tu l'auras.

Malgré ma réponse claire, ses yeux restaient plissés. Il était là, immobile, silencieux, à quelques centimètres de moi.

— Il y a autre chose, Blaise ?

Après que j'avais accepté la condition de deux années, je n'ai plus bougé, moi non plus. Que voulait-il à présent ?

Je me suis mise à soutenir son regard perçant. Si quelque chose n'allait pas, j'étais prête à l'entendre.

— Tu vois mon monteur demain ?

Sa voix n'était plus qu'un mince filet. Pour le clip, il avait ses gars, mais, pour le film, il fallait un monteur.

J'ai hoché la tête. Je rencontrerais son monteur le lendemain.

Quand il a essayé de reprendre la parole, aucun son n'est sorti de sa bouche. Sa voix était partie. Je ne voyais plus que ses lèvres s'agiter. Il a tenu à continuer malgré l'extinction.

Il s'est approché plus près. Un râle, rauque, m'est à peine parvenu :

— Je ne veux pas me faire enculer.

Je suis restée clouée au mur quand il s'est éloigné.

Une profonde inspiration a débloqué mes poumons en manque d'air.

Je ne savais pas à quoi j'avais échappé, mais je l'avais échappé belle. Pourquoi il m'a dit ça ?

Blaise est allé rejoindre Gundrund. Il lui a murmuré à l'oreille. Gundrund a hoché la tête plusieurs fois, puis elle a tourné les yeux dans ma direction. Elle l'a entraîné vers la sortie.

Ils ont quitté le pot sans saluer personne.

— Jack ! Jack !

Je me suis ruée sur mon agent.

— Faut que tu fasses une lettre demain à l'aube !

J'ai tout raconté à Jack. Je tremblais. J'analysais mal les raisons de mon angoisse, mais je tremblais.

— Non mais, ils ne se touchent pas un peu, tous les deux ?

Jack a ri.

— Depuis quand on interdit à une actrice de tourner ?

Jack avait le don de dédramatiser les situations.

— Tu ne vas pas jouer pendant un an et demi, c'est suffisant ! Il a du bol que t'acceptes ça, déjà ! Je te rappelle que les délais de post-production, c'est eux qui les ont imposés. « Huit mois pour la livraison du film fini. Pas un jour de plus ! »

De nouveau, il a imité Blaise en gremlin. Ça faisait marrer tout le monde autour.

— J'ai des acteurs à l'agence, non seulement ils ont réalisé des films, mais parfois ils ont même décalé le montage pour en tourner un autre. Deux ans et demi sans tourner ? Pourquoi pas dix ? C'est eux qui vont les nourrir, tes gosses, l'année prochaine ? Ils sont mignons, Pipo et Pipolette.

Il a mimé une flûte. Ça a fait hurler de rire Julie.

— Tu peux bien tourner ce que tu veux après. Qu'est-ce que ça peut leur foutre ?

Tout le monde haussait les épaules. Qu'est-ce que ça pouvait leur foutre ? Tout le monde a rigolé.

— C'est du n'importe quoi ! Ils flippent maintenant, voilà tout.

Tout le monde a hoché la tête. Ça crevait les yeux que c'était un coup de flip.

— Il est mignon, lui, il gueule comme un sanglier qu'il les a plus grosses que tout le monde, il fait son numéro, et après il a les miches.

Jack a mimé des castagnettes. Tout le monde était hilare en écoutant mon agent.

— Tu sais qu'ils doivent les avoir serrées en ce moment ! Ha, ha, ha !

Ça le faisait marrer lui-même. Ouais, Jack avait raison, je commençais à être convaincue moi aussi. Ça regardait qui, ce que je ferais dans un an ? J'ai rigolé quand Jack l'a imité en train de se frapper le torse.

— Vous savez ce qu'on dit des gorilles ? Ha, ha, ha !

Franchement, j'ai bien rigolé.

Je suis allée boire un verre de vin. Je suis allée danser.

— Ouais, ben t'as quand même le sommeil léger ! j'ai dit à Adrien quand il s'est réveillé, alors que je m'étais glissée délicatement dans le lit.

Je me suis déshabillée dans le couloir. J'ai ouvert la porte en baissant la poignée centimètre par centimètre, pour ne pas faire claquer la clenche. J'ai à peine posé les pieds par terre pour faire le tour du lit. Pas une planche n'a grincé. J'ai soulevé la couette tout doucement, il me restait encore une patte dehors. Une plombe pour aller me coucher. Je pense qu'on peut se dire que je fais gaffe ! C'est pas de ma faute s'il entend même les plumes tomber… Il est marrant, lui… Faut bien que je me couche. Je travaille moi aussi demain. Il croit quoi ?

— C'était bien ?

Il a rallumé la lumière, a attrapé un de ses livres sur la mort de je ne sais quel État, je ne sais quelle peuplade à l'agonie. Il s'est redressé dans le lit. Tellement droit qu'il n'était plus couché. Franchement, il était assis. S'il voulait me faire comprendre qu'à cause de moi il avait raté le créneau, c'était réussi.

— Désolée, je lui ai quand même lâché.

J'ai rentré ma patte sous la couette, je me suis tournée dans l'autre sens.

— Ça a fini tard, dis donc.

Hein ? Il ne pensait pas qu'on venait de finir ? J'ai failli rigoler. Il était 3 heures du matin. Il ne s'imaginait pas qu'on avait tourné vingt heures d'affilée ?

— On a fait un pot.

J'ai bâillé.

— C'était bien ?

— Je te raconte demain. Je suis claquée.

J'ai fermé les yeux.

J'étais en train de m'endormir quand la dernière question d'Adrien m'est revenue dans la tête. Oh mon Dieu ! Il a les boules ! Il ne parlait pas du clip, mais du pot ! Je ne lui ai pas proposé de venir me rejoindre ! Oh non ! Je ne lui ai pas passé un coup de fil pour lui dire que je rentrais tard ! Merde ! Qu'est-ce que je fais maintenant ?

Je venais de comprendre pourquoi Adrien était assis dans le lit.

Qu'est-ce que je dis ? Je suis restée un peu, dans ma position, sur le côté, dos à lui.

Puis, lentement, j'ai basculé sur le ventre. Je suis restée un peu dans cette nouvelle position, le visage enfoui dans l'oreiller.

Et, tout doucement, j'ai continué le mouvement. J'ai tourné la tête vers Adrien. J'ai levé les yeux. Il me regardait en silence.

— Oh là là !!!!!! je me suis exclamée, comme quand on voit le lait qui déborde. Oh là là ! Avec tout ce que j'ai géré aujourd'hui, je n'ai pas eu le temps de t'appeler. Les choses se sont enchaînées, j'ai dû organiser le pot. Tu te rends compte, rien n'était prévu !

Je lui ai raconté comment s'était passée la journée.

Marion, Julie, Annabelle, Raphaël.

— J'ai un casting en béton armé. Ça donne confiance pour la suite.

Je lui ai parlé des lumières, du décor, du son. Une équipe formidable.

— Chaque fois que j'ai demandé une modification, ils l'ont faite, sans rechigner.

J'ai tout raconté à Adrien. Comme s'il était venu. J'ai parlé pendant une heure sans qu'il ne lise une ligne de son livre. Sans qu'il ne me quitte des yeux.

J'ai tout détaillé pour lui faire partager au mieux la journée. Je ne voulais plus arrêter de lui raconter.

À un moment, j'avais fini.

— Eh ben, c'est bien, il a dit.

Il a éteint la lumière. Il s'est tourné sur le côté.

C'était bien la peine que je culpabilise, que je me donne tant de mal alors que j'étais crevée. Ça valait bien le coup de s'asseoir dans le lit, si c'était pour dire ça.

Je me suis remise dans ma position initiale, face à

ma table de nuit. J'ai vu sur mon téléphone que j'avais un nouveau texto.

« Il est HORS DE QUESTION que tu fasses l'actrice. Demain à l'aube, je veux le papier de ton agent. »

C'est pas vrai ? Il est en boucle, lui. J'ai fermé les yeux. Je me suis endormie.

— Allons voir ce fameux monteur.

Je parle toute seule. J'enfile mon manteau dans l'appartement redevenu calme.

Stella partie pour sa sieste du matin, je tourne en rond dans le salon, alors que la nounou décolle les bouts de pâte à modeler séchée sur la petite chaise en forme de grenouille, rhabille une poupée, trie la dînette, rebouche un feutre.

Je vais prendre le bus. J'aime bien le bus.

Je récupère mon sac.

— Bonne journée Mona.

— Bonne journée madame.

Je claque la porte.

« Je suis sûre que ça ne va pas marcher avec leur monteur de la Nouvelle Vague », j'ai rigolé avec Adrien ce matin.

Malgré la radio allumée, malgré le raffut de Raoul et Stella dans la cuisine, il a entendu ce que je racontais à Jack au téléphone, à sept heures et demie.

— C'est pas un peu tôt ?

Adrien était surpris quand j'ai pris mon téléphone.

— Qu'il se couche tôt ou tard, Jack est à l'agence à 7 heures tous les matins. Je ne sais pas comment il fait. Je n'ai jamais vu quelqu'un travailler autant.

— Si sa famille comprend, c'est l'essentiel.

Même s'il ne m'en voulait plus pour le pot, Adrien l'avait encore un peu en travers.

J'ai appelé Jack.

« Envoie la lettre, c'est important pour Blaise. — Je n'écrirai jamais une chose pareille. »

J'ai eu du mal à le convaincre. Mon agent ne voulait pas lui écrire « cette connerie ». Il a argumenté : « Ce n'est pas normal de demander ça. » Est-ce que nous lui demandions de ne rien produire ?

« S'il te plait, Jack. »

Sur mon ordinateur, j'ai reçu la lettre rédigée pour Blaise :

« Par la présente… »

Mon nom ne serait porté à aucun générique autre que *Pretty Girls* pendant deux ans.

Ben voilà ! Ça lui a pris deux minutes à rédiger. Qu'est-ce que je peux déployer comme énergie pour obtenir la moindre faveur, j'ai secoué la tête. Tant d'histoires pour pondre une ligne.

« Pfff », a lâché Adrien quand il l'a lue.

Quoi, pfff ? Qu'est-ce qui n'allait pas dans la ligne de Jack ? Pourquoi il réagissait comme ça ?

« C'est pas normal. »

Il s'y mettait, lui aussi.

Oui, ben ça va, Jack me l'a déjà faite, celle-ci ! On n'allait pas tout reprendre depuis le début. Ce n'est pas normal ? Et alors ? S'il ne manque plus que ça pour que je fasse mon film…

Dépité devant les quelques mots inscrits, Adrien a dit que vraiment, « depuis le début, c'est compliqué. Ça ne s'arrange pas ».

Il m'a embrassée avant de partir bosser. Raoul a fini de mettre son cartable sur son dos. Il m'a flanqué son goûter sous le nez. « C'est pas ceux-là, les gâteaux, maman ! » Il m'a montré sur l'emballage en aluminium. Deux petits biscuits au chocolat noir par étui. « C'est le chocolat au lait, que j'aime. » Ah ? Oui, j'ai vu : en tout petit, sous le dessin, c'était précisé. « Je t'en achète pour demain. » Il a accepté de mettre les biscuits dans sa poche. « Je vais échanger mon goûter avec celui de Gaston. Il aime le chocolat noir, et sa mère lui achète toujours des gâteaux super-bons. » Il m'a fait une bise.

— Tiens-moi au courant, Adrien a dit en ouvrant la porte de notre appartement.

— Au courant de quoi ?

Raoul, qui est en âge de comprendre beaucoup de choses, s'intéresse depuis peu aux préoccupations et soucis de ses parents. J'ai haussé les épaules. Je ne savais pas de quoi je devais tenir Adrien informé.

— Aujourd'hui, il ne va rien se passer de passionnant. Je vois le caïd de la Nouvelle Vague, après je visite des salles de bains de maternité.

Je voulais bien le tenir au courant, si ça lui chantait.

Adrien a fermé la porte, j'ai entendu Raoul qui racontait sa première blague de la journée.

Le soleil est éclatant ce matin. Je fouille mon sac. J'en sors mes lunettes de soleil. C'est la première fois de l'année que j'ai besoin de mes lunettes, je crois.

Je me dirige vers la rue de Richelieu. Je cherche la bonne ligne. Le 39 me rapprochera. Je finirai à pied. Qu'importe, je suis en avance, il fait bon.

C'est toujours un bonheur de traverser le Louvre. Je regarde la pyramide. Les touristes se pressent déjà devant l'entrée. Ils sont émerveillés. Je les comprends.

Mon téléphone sonne dans le bus. Oups ! Je décroche.

— Je suis dans le bus, je préviens tout de suite.

Je place ma main devant ma bouche, je ne vais pas parler trop fort.

— C'est Jack !

Lui n'est pas entouré, il gueule dans le téléphone.

— Oui ?

— Je viens de me faire pourrir par Blaise ! il m'annonce, énervé.

Sa voix est si forte que tous les passagers l'entendent, je suis sûre.

— C'est pas un producteur, ce type, c'est un aliéné ! Il faut qu'il aille se faire soigner ! Il cherche une excuse, c'est pas possible autrement ! Qu'il ne veuille pas te voir dans un film avant la sortie du tien, je l'accepte, mais que tu tournes après, ça ne le regarde pas !

Jack se remet à imiter Blaise :

— « Pas son nom au générique ne veut pas dire qu'elle ne va pas tourner ! Ce que tu m'as écrit n'est pas ce que je t'ai demandé ! »

— Il n'a pas une extinction de voix ? je rigole alors que Jack imite une voix nasillarde mais tonitruante.

— Je ne sais pas ce qu'il a pris comme remède, mais je peux te dire que je l'ai bien entendu !

Je ris. Décidément, Jack ne s'entend pas du tout avec mes producteurs. Chaque fois qu'ils se parlent, ça tourne à l'engueulade.

— Écoute, je vais à mon rendez-vous, je l'appelle dès que je sors.

Je m'en occupe, je décharge Jack.

— Rappelle-moi quand tu l'as eu.

Je raccroche.

C'est tellement beau, je me dis encore, alors que nous traversons la Seine. Les ponts en enfilade. L'île de la Cité. J'aimerais trouver une scène à tourner dans ce coin.

Je descends rue du Bac. Je remonte le boulevard Saint-Germain. J'arriverai pile à l'heure.

Mon téléphone sonne de nouveau. C'est Gundrund. Elle va me raconter la dispute avec Jack. « Oui, je sais, il vient de m'appeler », je vais lui dire. « Ne t'inquiète pas, je vois le monteur et je le rappelle, il changera la phrase qu'il a envoyée à Blaise », je vais la rassurer, je m'en occupe.

— Allô ?

À la voix de Gundrund, je comprends tout de suite. Quelque chose est en train de se passer.

Je m'arrête de marcher sur le boulevard Saint-Germain.

— Aux chiottes les *Pretty Girls* ! Je tire la chasse sur les *Pretty Girls* ! Tu n'es qu'une actrice !

Ce sont des aboiements qui me parviennent.

— Tu vas tourner, on le sait ! Tu es une FOLLE ! Une ACTRICE !

Les mots ne sont qu'une seule et même phrase.

— On arrrrrrrrrrête avec toi ! elle s'étouffe presque, tant le venin s'amasse dans sa gorge. FINI AVEC TOI ! Fini. RIDEAU ! Le film s'arrête, AUJOURD'HUI ! Tu es une folle !

Les sons trop stridents me déchirent l'oreille. La furie est lâchée. Ce sont des mois de colère rentrée, d'amertume et de haine qui sifflent. Les mots coupants, la violence du débit, des propos, me glacent. Une meute de chiens enragés me mord sur le boulevard Saint-Germain. Je ne peux plus bouger alors que les aboiements redoublent.

— Aux CHIOTTES ! ON ARRRRRRRRÊTE ! TU PEUX CREVER ! C'EST FINI ! FINI !

La tonalité du téléphone que l'on vient de raccrocher.

Silence.

Je n'entends plus rien. Un bip discontinu comme celui de la machine qui annonce l'arrêt cardiaque du malade me parvient. De loin.

Les immeubles dansent autour de moi. Que m'arrive-t-il ? Je vais basculer. Je vais tomber sur le trottoir. Les gens passent, m'évitent. Je n'entends pas leurs pas alors qu'ils marchent. Je n'entends pas leurs voix alors qu'ils parlent.

Je recule jusqu'à l'immeuble derrière moi. Les murs trop mous ne me retiennent pas, alors que je pose ma main sur la pierre.

Je glisse.

— Allô ? C'est Sybille, je dis, comme si j'étais de nouveau au téléphone, comme si quelqu'un pouvait m'entendre, répondre à mon appel.

La main crispée sur l'appareil, je n'ai pas composé de numéro. Je ne parle avec personne.

Je regarde autour de moi. Le paysage se tord. La ville va s'écrouler.

J'ai fini par trouver un banc.

Dans le monde devenu silencieux, j'ai regardé les passants qui se déplaçaient en désynchronisation totale. Les voitures. Je ne reconnaissais rien de ce qui m'entourait.

Ma liste technique n'a pas compris tout de suite quand Gundrund est sortie de son bureau en hurlant.

— C'est FINI ! LES *PRETTY GIRLS*, C'EST FINI !

Gundrund courait dans les couloirs, passait devant chaque bureau :

— C'EST FINI ! STOP ! ON ARRRRRÊTE DÉFINITIVEMENT LES *PRETTY GIRLS* !

Elle levait la tête pour ceux du deuxième étage :

— ON ARRÊTE LE FILM DE SYBILLE !

Elle baissait la tête pour ceux du rez-de-chaussée :

— C'EST TERMINÉ ! LES *PRETTY GIRLS*, C'EST ARRÊTÉ ! AUX CHIOTTES !

Avis à la population.

« Jamais rien raté prod » ne vivait pas un échec, mais une victoire.

Les dirigeants montreraient à tous leur gigantesque puissance, dans une démonstration de force absolue.

Qu'on se le dise : ils avaient les moyens de mener le film à son terme. Ils en décidaient autrement !

Qu'on se le répète : les maîtres en leur royaume détenaient le pouvoir suprême : le droit de vie et de mort sur leurs sujets.

Gundrund a pris l'ascenseur jusqu'au cinquième étage. Elle est montée dans la cabine, avec Blaise, avec Alphonse.

— DEHORS ! elle a hurlé en bondissant dans la vaste pièce.

Ceux en plein travail ont sursauté.

— DEHORS !

Ils n'ont pas bougé tout de suite. Sidérés, ils regardaient la productrice, le producteur, le long corps, debout devant eux.

Ils devaient s'en aller ?

Gundrund a tendu le bras en direction de la sortie. Sa bouche se distendait, ses yeux s'exorbitaient, la fureur déformait son visage.

Silence.

Devant l'inertie des ahuris face à lui, Blaise a perdu patience.

Il s'est rué sur la première table. Du revers de la main, il en a balayé le plateau. Les crayons ont valdingué.

Alors les abrutis ont compris : c'était une expulsion. Ils devaient plier bagage dans les plus brefs délais.

La costumière a récupéré ses documents. Sans prendre le temps de les classer, elle les a fourrés dans sa besace. Le régisseur a rassemblé ses fiches-fournisseurs, ses plannings, ses notes de frais.

Blaise a foncé à l'autre bout de la pièce. Il a arraché les photos des actrices du mur. Il a déchiré les portraits, les a jetés au sol.

Il s'est retourné. Il a couru de l'autre côté. L'assistante glissait son ordinateur portable dans sa housse. Il lui a attrapé le bras, l'a tirée en arrière. Qu'elle ne touche plus cette table ! Il a balancé les listes de matériel, les schémas des décors, les adresses des repérages.

Plus une minute à perdre, il a filé dans l'autre sens, s'est emparé des scénarios empilés près de l'imprimante. Des exemplaires sont tombés. Il en a saisi d'autres. Il a dégrafé les spirales en plastique qui maintenaient les pages. Il les a fait voler autour de lui. Les séquences se désordonnaient, les répliques se mélangeaient, Blaise les balançait.

— On récupère !

Il a donné l'ordre à Alphonse de reprendre toutes les baguettes noires, sur tous les scénarios.

Le long corps s'est précipité. À quatre pattes, il récupérait ce qui restait du texte.

L'équipe s'est ruée vers la sortie. Ils ne devaient pas prendre l'ascenseur, devant lequel Gundrund se tenait droite, bras toujours tendu en direction de l'escalier.

La décoratrice a trébuché en ratant la première marche. Le directeur de casting lui est rentré dedans. Le régisseur a ralenti pour les laisser reprendre leur équilibre.

Ils ne déguerpissaient pas assez vite, tous en tas, alors Blaise a retraversé la pièce en courant.

— Du balai !

Il les a jetés dans l'escalier.

La lourde porte de la rue Lincoln s'est refermée.

— Quelqu'un a prévenu la réalisatrice ? le premier qui a repris ses esprits a demandé aux autres.

Philippe a pris son téléphone.

— Adrien ? Excusez-moi de vous déranger. Sybille m'avait donné votre numéro un jour qu'elle n'avait plus de batterie.

Je suis passée devant le café où j'avais rendez-vous. Je n'ai pas vu le monteur assis à la terrasse.

— Sybille !

Il a hurlé mon nom, alors que je m'éloignais vers n'importe quelle direction. Sybille ! Il a bien vu, quelque chose clochait. Il n'a pas essayé de me rattraper tandis que je repartais d'où j'étais venue. Je refaisais le chemin à l'envers, peut-être.

Je suis repassée devant l'île de la Cité, sûrement. Les ponts en enfilade, la pyramide du Louvre… Mon téléphone a sonné dix fois. Vingt fois. Trente fois. La sonnerie ne m'est pas parvenue. Je n'ai pas senti vibrer l'appareil que je tenais toujours dans ma main crispée.

Il y avait assurément encore du soleil, il devait faire

chaud, mes cheveux étaient collés par la sueur, alors que je continuais de marcher vers n'importe où, sans savoir que j'allais à un endroit précis.

Le bonhomme de la pancarte, sur la porte de mon bureau, m'attendait certainement. C'était là que s'était construite l'histoire. C'était là qu'elle reprendrait son cours. Puis une longue voiture noire s'est arrêtée devant moi. Elle m'a barré le passage. C'était ma voiture, j'ai fini par reconnaître le siège auto rouge, le canard jaune et la peluche en forme de souris à l'arrière.

Adrien est descendu de la voiture. Je l'ai très bien reconnu. Il a dit plein de phrases en s'approchant. Il gesticulait dans le silence. Il a mis une main sur ma joue. La deuxième sur l'autre joue. Il n'a plus bougé. C'est une lourde vague qui a soulevé mon ventre, mes poumons, qui a claqué dans mon dos. Elle s'est engouffrée dans ma gorge. Le conduit trop serré a provoqué une telle douleur que j'ai crié avant de laisser sortir la lame de fond.

Je me suis assise là où Adrien m'a placée. Il a desserré ma main. Il a pris mon téléphone. Il a répondu aux coups de fil qui m'étaient destinés, sûrement. Il a hoché la tête plusieurs fois. La voiture a démarré.

La ville a défilé. La Seine coulait sous les ponts. Elle ne savait pas encore : c'était une question de secondes. La catastrophe était imminente. Une terrible secousse allait la faire trembler. Je n'entendais que le grondement de l'ondulation qui se rapprochait.

C'était là. Une tempête dévastatrice. Le large fleuve tranquille allait se soulever. Des litres d'eau allaient s'abattre sur les rives, s'écraser sur les immeubles en bordure. La puissance de la masse allait tout emporter sur son passage. L'immense vague allait casser les vitrines, faire tomber les monuments. Les arbres arrachés s'écraseraient sur la chaussée, provoquant d'innombrables explosions. Le goudron se fendrait, se creuserait pour jaillir comme des milliers de volcans en éruption.

Les passants, inconscients, ignoraient la catastrophe.

J'ai fermé les yeux.

J'avais beau me boucher les oreilles en pressant mes deux mains plus fort pour ne laisser aucun son filtrer, j'ai entendu les cris, les chocs. Le cataclysme était là.

Le pinceau finit de tracer le contour de mon œil.

Je n'ouvre pas les yeux, alors que la jeune femme penchée sur moi reprend un peu de couleur sur sa palette. Les ampoules blanches, sur les côtés du miroir devant lequel je me tiens assise, éclairent chaque partie de mon visage. Je sens leur chaleur sur mes joues.

« Si tu veux, je te maquille dans ta loge », la jeune femme a proposé ce matin. « Je veux bien. » Elle a installé les fards, le rouge à lèvres et les rimmels sur la tablette, à côté de la bougie au bois de santal.

La maquilleuse fait doucement pivoter ma chaise de quelques centimètres. D'un mouvement délicat, elle attrape mon menton, repositionne ma tête. Comme ça, elle y arrivera mieux. Le pinceau glisse sur l'autre paupière. La légère humidité de l'eye-liner s'estompe presque immédiatement alors que la bordure des cils est peu à peu soulignée de noir.

La porte de ma loge s'ouvre.

— Vous avez fini dans combien de temps ? On est prêts sur le plateau.

C'est sûrement l'assistant réalisateur que j'ai salué en arrivant.

J'entends qu'il sourit.

— Deux minutes. Je lui mets du blush et c'est fini pour moi.

La porte se referme sans bruit.

Une touche de rose vient rehausser mes pommettes, leur donnant bonne mine.

La jeune femme s'écarte un peu. Je peux ouvrir les yeux alors qu'elle range tout dans la trousse transparente : « Sybille » est inscrit au feutre indélébile. Elle retire les pinces dans mes cheveux, fait retomber les mèches sur mon front.

— À tout de suite, elle dit tout bas, avant de se diriger vers la sortie.

La petite porte s'ouvre de nouveau et se referme doucement. La flamme de la bougie frétille, puis se calme.

Je lève les yeux. Mon reflet dans le miroir renvoie l'image de « Marianne ». Je l'observe un instant. Ses yeux sont allongés, sa bouche est rouge. Ses cheveux sont moins bouclés que les miens, plus lisses, plus volumineux. Son chemisier blanc est impeccable. Elle semble plus jeune que moi.

Marianne va vivre une très belle histoire d'amour avec le sculpteur qui s'est installé en bas de son immeuble. Sans enfant, elle habite le modeste appartement du dernier étage. Elle travaille dans cette petite librairie de quartier devant laquelle le sculpteur passe régulièrement. Un jour, il entrera. Il lui proposera de boire un verre. Elle acceptera. Marianne est une femme heureuse.

Sur le portant, les vêtements de Marianne sont suspendus. Il ne manque plus que la veste bleue pour cette tenue. Je la décroche du cintre en fer. Je l'enfile.

Sur le petit canapé, mon exemplaire du scénario. *Par une belle journée d'été.* Je suis numéro 2 sur le plan de travail. Ma loge est plus petite que celle du numéro 1, mais plus grande que celle du numéro 3. Je rassemble les affaires dont j'ai besoin pour la matinée. Je ne reviendrai pas avant la pause déjeuner. Le texte de la journée, mes cigarettes, un briquet. Mon téléphone. Je vais le mettre en mode silencieux. La petite icône en forme d'enveloppe indique, j'ai reçu des messages.

« Merde pour ce premier jour. Jack. » « Courage. Philippe. » « Sois digne et forte. Julie. » « Tu restes la meilleure. Chacha. » « Avec toi. Ta sœur. » « Je pense à toi. Adrien. » « Tu es la meilleure des mamans. Raoul. »

Je pose la main sur la poignée en acier. « On y est », je pense un instant en entendant les préparatifs, les discussions… les grésillements, dans les talkies-walkies.

Je sors du car-loge.

— Ils sont prêts.

Je descends les trois marches devant ceux que je ne connais pas. Quelques membres de l'équipe.

Les visages se tournent.

— Bonjour.

Je salue ceux que je rencontre. L'agitation se calme légèrement, les voix se font plus discrètes, les sourires aimables, les visages empathiques.

— La pauvre, son film s'est cassé la gueule.

Une jeune femme aux cheveux noir corbeau me tend un petit sac. Je n'ai pas besoin de ralentir la marche pour le prendre, je progresse déjà si lentement.

Ma main serre la lanière de cuir, remonte jusqu'à mon épaule. Mes doigts relâchent la sangle qui glisse sur ma clavicule jusqu'à trouver sa place dans le petit creux. Le sac sera porté en bandoulière.

Un garçon très grand. À sa ceinture, des gants d'électricien sont accrochés, il finit de brancher deux câbles. Il se redresse, ses yeux sont bleus. Un autre porte une casquette, il avale la fin de son morceau de pain. Celui-ci porte un treillis marron, sur son tee-shirt, un logo, celui d'un loueur de caméras. La jeune femme blonde range une feuille de service dans la poche arrière de son jeans…

— Bonjour Sybille.

Je ne m'arrête pas lorsque mon regard tombe dans celui de Charles, le régisseur de *Pretty Girls*. Il baisse les yeux, les relève, s'invente une saleté dans le creux de la main. Il frotte sa paume sur son pantalon. Il essuie une trace qu'il imagine, puis il relève la tête. Mal à l'aise pour lui, gêné pour moi, il tente un minuscule sourire que je m'efforce de lui rendre. Un minuscule mouvement de tête, avant de détourner les yeux.

— Bonjour Charles.

Je clos notre histoire, tandis qu'il s'en va rejoindre l'équipe dont il fait désormais partie. Les talkies grésillent. Anna Aubrey est prête.

— Ça y est, ils y sont.

Je marche en direction du plateau.

Sylvie Testud
dans Le Livre de Poche

Chevalier de l'ordre du mérite n° 32484

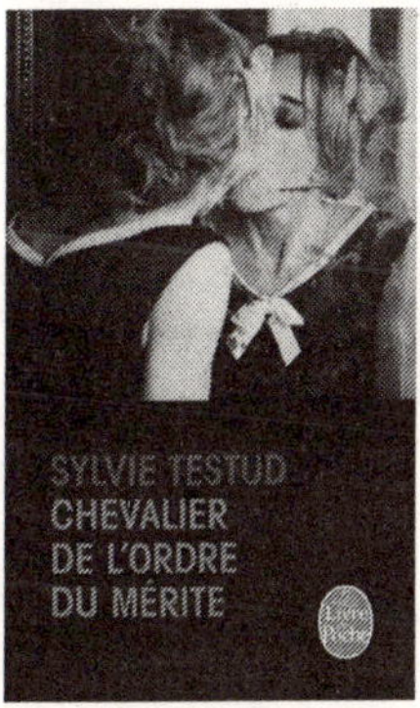

Dès que je passe la porte de notre appartement, je me transforme. Sans plus aucune coquetterie, je retire mes escarpins, je jette mes vêtements dans la panière à linge sale. Je m'attache les cheveux sur le sommet du crâne, remonte mes manches, et c'est parti pour le rodéo de l'ordre et de la propreté. Une chorégraphie d'un genre peu sexy, à laquelle je ne renonce que tombante de sommeil. Pauvre Adrien : il vit avec une mégère. L'image n'est pas folichonne. C'est au bureau qu'ils vivent avec moi. Bien habillée, maquillée, coiffée. Pourquoi je me transforme ? Pourquoi je n'arrive pas à suivre le mode de vie d'Adrien ? Pourquoi ça ne tourne pas plus… plus… plus carré ? (S. T.)

Le Ciel t'aidera n° 30751

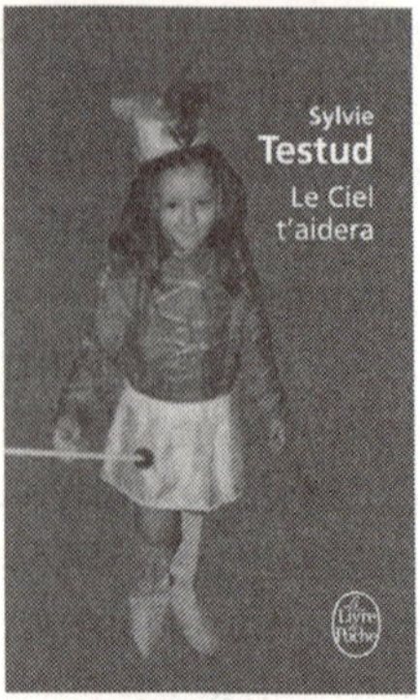

« T'as peur, t'as peur de tout, sauf du ridicule », m'a dit mon copain qui est d'une mauvaise foi sidérante ! « Il n'y a aucun danger dans cette maison, à part toi ! » il a rajouté. [...] Si le courage peut se mesurer à la peur à surmonter, alors je me proclame la fille la plus courageuse du monde. Je ne suis quand même pas la seule fille qui balise à l'idée de dormir seule ? Je ne suis pas la seule fille à dire que se garer dans un parking non surveillé, la nuit, ça fout les jetons ? C'est pas moi qui invente les cambriolages ? Les dingues qui vous guettent au coin de la rue ? Les monstres pervers pires que des loups ?

Gamines n° 30974

« Qu'est-ce que tu faisais dans la chambre de maman ? — J'ai volé une photo. Une toute petite photo. — Tu lui ressembles tellement », a dit ma sœur. J'ai mis la photo dans la poche de mon jean. Je me suis assise dessus pendant trente ans. « La photo est ressortie de ma poche ! j'ai dit à mes sœurs. J'ai vu l'homme de la photo ! — Qui ? — Celui qui porte le même nom que nous, le même nom que moi. Ce n'est pas une photo, c'est un homme ! » J'ai donc un père. Que dois-je faire ? Trente ans que je réponds : « Je n'ai pas de père. Je n'ai qu'une photo. » Devant les mines compatissantes, je réponds depuis trente ans : « Je n'ai pas de père, mais je m'en fiche, c'est comme ça. »

Il n'y a pas beaucoup d'étoiles ce soir n° 30264

Énervée. Affamée. Exténuée. Terrorisée. En retard. Frigorifiée. Les journées, pour Sylvie Testud, sont une succession de moments intenses. Elle nous emmène à une interview au Plaza, sur un tournage en japonais, acheter du plâtre au BHV, faire l'amour devant vingt personnes pendant huit heures, essayer des robes chez Chanel pour les Césars, tout en refusant d'embrasser un serpent ou de sauter par la fenêtre… Le quotidien d'une actrice, en somme. Sauf que Sylvie Testud fait montre d'un regard ultralucide. Comment entre-t-on dans un rôle ? Comment apprend-on à l'aimer, comment le quitte-t-on, comment dire non, comment dire oui ? Où est la limite entre la vie qu'on vit et la vie qu'on joue ? Et si notre existence était un interminable casting ? Décalée, d'une voix qui ne ressemble à aucune autre, drôle et sans concession, Sylvie Testud éteint les feux trompeurs de la rampe, et l'on découvre qu'*il n'y a pas beaucoup d'étoiles ce soir.*